완전기억자

강형욱 현대판타지 장편소설

MODERN FANTASY STORY & ADVENTURE

10

dream
books
드림북스

완전기억자 10 (완결)

초판 1쇄 인쇄 / 2016년 1월 20일
초판 1쇄 발행 / 2016년 1월 29일

지은이 / 강형욱

발행인 / 오영배
책임편집 / 편집부
펴낸 곳 / (주)삼양출판사 · 드림북스

주소 / 서울시 강북구 도봉로 173
대표 전화 / 02-980-2112 팩스 / 02-983-0660
편집부 전화 / 02-980-2116 팩스 / 02-983-8201
블로그 / blog.naver.com/dreambookss

등록번호 / 제9-00046호
등록일자 / 1999년 3월 11일

ⓒ 강형욱, 2016

값 8,000원

ISBN 979-11-313-0428-0 (04810) / 979-11-313-0185-2 (세트)

* 지은이와 협의하에 인지는 생략합니다.
* 잘못된 책은 구입한 곳에서 바꾸어 드립니다.

이 도서의 국립중앙도서관 출판시도서목록(CIP)은 서지정보유통지원시스템홈페이지
(http://seoji.nl.go.kr)와 국가자료공동목록시스템(http://www.nl.go.kr/kolisnet)에서
이용하실 수 있습니다. (CIP제어번호: 2016001332)

완전기억자

강형욱 현대판타지 장편소설

MODERN FANTASY STORY & ADVENTURE

10

dream
books
드림북스

목차

Chapter. 01

또 다른 완전기억능력자와의 전투.

그러나 그것을 걱정할 이유가 없어졌다.

알렉산더 페렐만 교수가 웃으며 손을 들었다.

"하하, 자네 혹시 나와 싸우려는 생각인 건가? 그렇다면 그건 정중히 사양하지. 크흠, 육체 강화는 해 본 적이 없어서 말이야."

"예?"

"완전기억능력을 육체 강화로 써먹기에는 너무나도 아까운 능력이라서 말일세. 자네 혹시 야구에 대해 알고 있나?"

"글쎄요. 무슨 말을 하고 싶으신 건지 모르겠군요."

"야구는 말이야. 결국 투수 놀음이라는 이야기가 있지. 그만큼 야구에서 투수가 차지하는 비중은 되게 높다네. 그리고 그 투수는 자신의 어깨를 소모해 가면서 공을 던지게 되지. 일본에서는 야구 선수의 어깨를 소모품으로 생각하지 않는다네. 오히려 연투를 하면 할수록 어깨의 내구도가 올라간다고 생각하지. 어처구니없는 일이 아닌가? 인간의 모든 것들은 쓰면 쓸수록 내구성이 닳게 되어 있다네. 그렇기 때문에 이십 대에서 삼십 대 사이에 신체적인 전성기가 찾아오게 되어 있지."

알렉산더 페렐만 교수가 잠깐 물을 마신 다음 말을 이었다.

"우리도 마찬가지야. 불완전기억능력이 완전해졌다고 한들 여전히 소모품인 건 사실이고 우리는 우리의 뇌를 혹사시켜서 이 능력을 얻고 있지. 사람의 세포는 십 년을 주기로 새것으로 교체된다고 하지만 그 십 년이라는 시간을 버틸 만큼 완전기억능력을 적절히 쓸 필요가 있다는 이야기일세."

"그렇군요."

"그래. 특히 육체 강화는 완전기억능력에 있어서 여러모로 부담이 갈 수밖에 없는 능력인 게 사실이지. 완전기억능력 하나만으로도 손상이 심한데 거기에 덧붙여서 육체까지 강화한다고? 그게 얼마나 어리석은 일인지는 잘 알 거야."

알렉산더 페렐만 교수의 말 그대로였다.

"내가 자네를 보고자 한 건 다른 이유에서가 아니야. 일루미나티에 자네가 포섭당하는 걸 보고 있을 수만은 없었기 때문이지. 그래서 헨리, 그 친구를 조심하라고 했던 것이고. 지금 헨리는 일루미나티를 떠났더군."

"예. 그렇습니다."

"자네는 일루미나티와 손을 잡을 생각은 없나 보군."

"저는 그 누구와도 한편이 되고자 하는 마음이 없습니다. 그저 제 가족과 제가 사랑하는 연인, 이들을 지킬 수 있다면 다른 건 뭐가 됐든 간에 상관하지 않습니다."

"휴, 사실 그게 가장 옳은 생각이지. 괜히 이런 데 휘말려 봤자 좋은 꼴 보기 어려우니까. 그래, 자네 뜻은 알겠네. 그리고 그 뜻이 부디 바뀌지 않길 바라지."

알렉산더 페렐만 교수가 미소를 지어 보였다.

건형이 멋쩍게 고개를 끄덕였다. 그러면서 페렐만 교수에게 물었다.

"그런데 아무 걱정도 안 되십니까?"

"내가 걱정해야 할 게 있나?"

"제가 보고 들은 것들, 전부 다 비밀 아닙니까?"

"아니네. 나는 자네한테 일루미나티의 정체를 폭로하고 싶었네. 그리고 왜 내가 그들을 증오하고 있는지 그들에게 왜 복수하려고 하는지 그 당위성을 이야기해 줬을 뿐이야. 내심 자네도 나와 함께했으면 했지만 그럴 수 없다고 하니 그건 그렇게 넘기는 수밖에."

"알겠습니다."

"이제 귀국할 텐가?"

"예. 연인이 저를 기다리고 있습니다. 귀국해야죠."

"앞으로는 어쩔 생각인가? 또 다른 논문을 발표할 텐가? 그 누구도 탐험해 보지 못한 미지의 영역을 연구해 볼 생각인가?"

"일단 제 자신에게 휴식을 줄 생각입니다. 그리고 차세대 에너지 자원 연구도 서둘러야겠죠. 여러 사람을 행복하게 만들어 줄 수 있는 길이 될 테니까요."

"그 에너지는 나도 호기심이 들더군. 완전기억능력자 고유의 에너지를 바탕으로 한 거겠지? 그런 식으로 그것을 응용할 줄은 생각지도 못했어."

"하하, 고등학생일 때 읽었던 판타지 소설하고 무협 소설에서 착안을 해 본 겁니다. 사실 될지 안 될지 반신반의 중이었는데 가능성이 보이더군요."

"지나치게 어느 한 곳에만 힘을 실어 두진 말게. 그랬다
가는 균형이 깨질 수도 있어."

"교수님도 균형이 유지되길 원하십니까?"

현재 세계의 균형을 이루고 있는 집단은 일루미나티, 르
네상스 그리고 로얄 클럽 이렇게 세 곳이다.

일루미나티의 세력이 보다 더 크지만 르네상스와 로얄 클
럽, 두 곳의 견제를 받고 있다 보니 교묘하게 균형이 유지되
고 있는 셈이다.

후한말 삼국시대의 위·촉·오를 떠올리게 만드는 구도다.

일루미나티가 위나라, 르네상스가 촉나라 그리고 로얄 클
럽이 오나라.

여하튼 알렉산더 페렐만 교수 역시 이 균형을 깨트리고
싶진 않은 모양이었다.

"어느 한 곳이 득세하기 시작하면 나도 움직이기 힘들어
질 테니까. 그럴 바에는 균형이 유지되고 있을 때 본격적으
로 움직이는 게 낫지 않겠나? 질서가 있는 곳에 혼돈이 있
는 법이거든."

"……그렇군요."

"어쨌든 즐거운 대화였네. 다음에 다시 만났으면 좋겠군.

그때에는 헨리도 함께 만나서 오붓하게 와인이라도 한 잔 나누길 바라지."

"좋습니다. 그렇게 하도록 하죠."

건형은 이야기를 끝낸 뒤 페렐만 교수가 머무르고 있는 은신처를 빠져나왔다.

알렉산더 페렐만 교수.

수학의 난문제 중 하나였던 푸앵카레의 추측을 풀어냈으며 세계적인 수학자로 순식간에 우뚝 서지만 갑작스럽게 종적을 감추며 사람들 기억 속에서 잊혀진 위대한 수학자.

그러나 그는 완전기억능력자로 일루미나티에 복수를 꿈꾸고 있었다.

그가 원하는 건 일루미나티를 타도하는 것이었고 그것을 위해서라면 수단과 방법을 가리지 않을 모습이었다.

건형은 이들 사이의 전쟁에 휩쓸리고 싶은 생각이 전혀 없었다.

그보다는 가족과 연인을 지키는 게 그에게는 훨씬 더 중요한 일이었다.

어쨌든 페렐만 교수의 생각을 확인했고 그와도 못을 박았다.

이제 일루미나티든 다른 어느 곳이든 자신을 더 이상 신경 쓰지 않게 될 터.

건형은 현재 그것만으로도 만족하고 있었다.

어찌 됐든 간에 이곳에 온 목적은 달성했기 때문이다.

건형은 페렐만 교수의 은신처를 빠져나온 뒤 빠르게 움직였다.

그리고 다운타운까지 진입한 뒤에야 그는 지혁에게 전화를 걸었다.

얼마 지나지 않아 지혁이 전화를 받았고 건형은 그한테 자초지종을 털어놓았다.

건형의 이야기를 들은 한참 동안 이야기가 없었다.

건형이 재차 그를 재촉하려 했을 때였다.

지혁이 말했다.

[잘 해결됐네.]

"응? 잘 해결됐다고요?"

[그래. 그 정도면 나쁘지 않은 결과잖아. 네가 바라던 결과 아니야?]

"그건 그렇긴 하지만……."

건형이 말끝을 흐렸다.

아까 전 알렉산더 페렐만 교수한테 들은 이야기 때문에 지금 건형은 지혁을 전적으로 신뢰하지 못하고 있었다.

왜 그가 일루미나티와 접촉했는지 접촉해서 무슨 대화를 나눈 건지 그 점이 여전히 의심스러웠기 때문이다.

그렇지만 완전기억능력을 써 가면서 그의 머릿속을 헤집어 놓을 생각은 없었다.

기다리면 그가 어련히 알아서 대답해 주지 않을까 생각할 뿐이었다.

'그리고 알렉산더 페렐만 교수가 그랬었지. 그 기억은 강력하게 보호를 받고 있었다고.'

알렉산더 페렐만 교수 말에 따르면 그 기억은 특별하게 보호받고 있었다고 했다.

알렉산더 페렐만 교수라고 해도 그 기억을 지우진 못했을 수 있다는 것이다.

그러니 자신이 기억을 되살렸는데도 불구하고 그 기억을 떠올리지 못하는 것일지도 모른다.

아니면 지혁이 기억이 나는데도 불구하고 일부러 연기를 해 가면서 숨긴다는 건데 그것은 건형도 어떻게 확인해 볼 수 있는 문제가 아니었다.

지금은 모른 척 기다릴 뿐이었다.

[그러면 이제 귀국하는 거야?]

"예. 그래야죠. 슬슬 국내 일도 신경을 써야죠. 여전히 강해찬, 그 사람은 난리예요?"

[말도 마라. 지금 장난 아니야. 게다가 별의별 사업을 다 추진한다면서 밀어붙이고 있는데 그게 가관이 아니다. 차라리 그를 제거하는 게 더 낫지 않을까도 생각해 본 적이 있을 정도야.]

"일단 그건 돌아가서 이야기해 봐요."

[그래. 최대한 빨리 돌아와. 지현이가 너 애타게 찾더라.]

"알았어요. 그러면 돌아가는 대로 연락할게요."

전화를 끊은 뒤 건형이 한숨을 길게 내쉬었다.

뭐랄까 마음이 예전 같지 않았다.

왠지 모르게 자꾸 지혁과 거리감을 두는 것 같은 기분이었다.

알렉산더 페렐만 교수 때문이었다.

그가 한 말이 건형에게 계속 영향을 미치고 있었다.

그렇지만 그것을 털어 버리려고 해도 그럴 수가 없었다.

지혁이 만약 일루미나티와 한패라면 지현도 위험에 노출되어 있다는 이야기일 테니까.

지현뿐만 아니라 자신의 가족도.

그리고 그가 가장 믿고 의지하던 지혁마저도.

그 사실을 인정할 수 없었던 것이다.

어쨌든 건형은 다시 호텔로 돌아왔다.

그런 뒤 그는 체크아웃을 한 이후 서울로 떠나는 가장 이른 시간의 비행기를 찾기 시작했다.

지금은 귀국밖에 생각이 없었다.

그리고 여전히 머릿속은 혼란스럽기 그지없었다.

인천국제공항에 도착한 뒤 건형은 인파를 헤치고 나왔다.

주차장에서는 지혁이 자신을 기다리고 있었다.

"왔냐?"

"아, 지혁 형. 제가 조금 늦었죠? 비행기가 약간 이륙이 늦어져서요."

"괜찮아. 그보다 이젠 거의 해결이 된 거지?"

"그럭저럭요. 알렉산더 페렐만 교수도 만나 봤고요. 뭐, 나쁘지 않았어요."

"그 사람, 나를 왜 납치했다던?"

"그게…… 음, 자세한 건 일단 가면서 이야기하죠."

건형은 대답을 회피했다.

비행기 안에서도 계속 고민했지만 아직도 건형은 확답을 내리지 못한 상태였다.

지혁이 만약 일루미나티의 끄나풀이라면?

어떻게 해야 할지.

건형은 아직 감을 잡지 못하고 있었다.

차를 타고 지혁이 머무르고 있는 아지트를 향해 달릴 때에도 건형은 여전히 생각에 잠겨 있었다.

얼마나 깊은 생각에 빠져 있었는지 지현에게도 연락하지 못했을 정도였다.

그런 건형을 지혁이 툭툭 깨웠다.

"무슨 고민이 그렇게 많은 건지는 모르겠지만 지현에게 전화 한 통 정도는 해야 하지 않을까? 너 귀국한 이후 지현한테 전화 아직도 안 했지?"

"아……."

건형은 다급히 지현에게 전화를 걸었다.

그러나 신호음만 갈 뿐 지현은 전화를 받지 않았다.

"전화를 안 받네요."

몇 차례 계속돼서 흘러나오는 안내원의 자동 응답에 건형이 한숨을 내쉬었다.

"거봐. 내가 뭐라고 그랬어. 빨리 연락하라니까. 쯧쯧. 있다가 집에 갈 때 선물이라도 한 아름 사다 주든가. 뉴욕까지 갔다 왔는데 선물 하나 없냐?"

"그럴 정신이 없었어요."

건형이 멋쩍게 웃어 보였다.

그렇게 지혁의 집에 도착한 뒤 지혁은 따뜻한 차를 가져왔다.

"자, 마셔. 머리를 맑게 하는 데 도움이 될 거야."

"감사합니다."

"그건 그렇고 슬슬 본론으로 들어가 보자. 도대체 무슨 일이야? 무슨 일 때문에 그렇게 심란한 건데?"

"휴, 그게 그러니까……."

한참 동안 고민하던 건형은 끝내 입을 열고야 말았다.

알렉산더 페렐만 교수가 한 말.

지혁이 일루미나티와 접촉하려 했으며 무언가 그의 기억이 강력하게 보호되고 있었다는 것까지.

속 시원하게 이야기를 털어놓은 뒤 건형이 물었다.

"도대체 어떻게 된 거죠?"

질문을 던지고 있는 건형의 눈빛은 또렷하게 빛을 뿜어내고 있었다.

지혁이 한숨을 길게 내쉬었다.

그 한숨에 담긴 의미.

건형이 눈살을 찌푸렸다.

설마 그가 자신을 배신하려 했던 것일까?

만약 그렇다면 건형은 지혁을 용서할 수 없을 것 같았다.

그때 지혁이 입을 열었다.

"내가 왜 뉴욕에 간다고 했는지 기억하냐?"

"예. 제 아버지의 죽음에 얽힌 일을 조사하러 간다고 하셨었죠."

"그래. 그리고 강해찬 국회의원이 그 배후라는 것을 알수 있었지. 그가 뺑소니 사고로 형님의 죽음을 위장하려 했던 것까지. 그러나 그것 말고 또 중요한 일이 있었다."

"중요한 일요? 그게 뭐죠?"

"그건 강해찬 국회의원, 그를 돕는 배후가 미국에 있었다는 거지."

"누가 그를 도운 거죠?"

강해찬 국회의원.

미국에 그를 도운 사람이 있다.

그렇다면 그가 진범일 것이다.

강해찬을 꼭두각시처럼 이용했다는 뜻이니까.

관건은 그게 누구냐 하는 점이다.

지혁이 입을 열었다.

"그들은 재미교포들이었다. 개중에서도 가장 악질인 놈들이었지. 그놈들은 강해찬 의원을 전폭적으로 지지하고 있었다. 덕분에 강해찬은 여러 번 국회의원에 당선됐고 자기 선거구에 엄청난 세금을 쏟아부을 수 있었던 거야."

"교포들이 왜 그를 돕는다는 거죠? 도와 봤자 자신들에게는 아무런 혜택도 돌아오지 않을 텐데요."

"그 사람들은 재미교포이긴 하지만 본질적으로는 친일에 가까운 자들이다."

"친일?"

"그래. 미국으로 넘어간 자들인데 친일에 보다 가까운 자들. 그들은 강해찬을 중심으로 해서 우리나라의 기강을 흔들려 했어. 리폼 코리아 프로젝트, 정용후 회장님이 계획하고 있던 그것을 물거품으로 만들 필요가 있었고 그래서 가장 눈에 띄던 형님을 살해한 거다. 그러면 자연스럽게 리폼 코리아 프로젝트도 무산될 게 분명했으니까."

"……결국 리폼 코리아 프로젝트 때문이었던 겁니까?"

"그래. 그런데 그 악질 중 일부는 미국의 공화당과도 손이 닿아 있었지. 개중 한 놈은 바로 엘런 가문으로부터 후원을 받고 있었고."

"엘런 가문이라면……."

"카트리나 엘런. 그녀 가문이지. 그리고 그녀 가문은 지금 알렉산더 페렐만 교수하고 힘을 합치고 있지. 그래서 그가 이 사실을 숨기려고 나를 납치한 뒤 내 기억을 지운 걸 게다."

"그러나 알렉산더 페렐만 교수는 형이 일루미나티와 접촉하려 했다고 했어요. 그리고 기억 중 무언가가 강력하게 보호되고 있었다고 말했고요."

"일루미나티에 접촉했던 건 그게 확실한지 알아보기 위해서였다. 일루미나티에 나도 아는 사람이 있었고 엘런 가문의 뒷조사를 하려면 그 정도 배경은 필요하다고 생각했으니까. 그런데 내게 강력하게 보호되고 있는 기억이 있다고? 그게 무슨 말이지?"

"알렉산더 페렐만 교수가 그렇게 이야기했었어요. 형의 머릿속에 그런 기억이 있다고."

"나도 그건 모르는 이야기인데? 잘못 들은 게 아닐까?"

"그럴리가요. 형, 저 완전기억능력자에요."

완전기억능력자가 제대로 기억하지 못할 리가 없다.

두 사람 사이에 살짝 웃음이 스쳤다.

그때 건형이 그에게 물었다.

"일루미나티에 있다는 그 사람은 누구죠?"

"나도 기억 중 일부는 여전히 기억이 나질 않는 상태다. 내 정보원이 누구였는지 나도 기억하질 못해. 기억들이 산산조각 부서졌기 때문이야."

"휴, 여기서 원점이군요. 그럼 일루미나티를 알고 있으면서 왜 여태 말을 해 주지 않으신 거죠?"

"그들과 엮여 봤자 좋은 일은 없을 거라고 생각했으니까. 헨리 잭슨 교수가 일루미나티와 끈이 닿아 있다는 말을 들었을 때에는 정말 놀랐었다. 네가 일루미나티를 먼저 언급하리라고는 생각조차 못 했어. 생각해 봐라. 그들은 하나하나 세계를 우습게 볼 정도로 강력한 힘을 가진 집단이다. 그곳에 너까지 휘말려 들지 않았으면 한 거다."

"……형을 백 퍼센트 신뢰할 수는 없을 거 같아요."

"그래. 네 마음 이해한다. 그러나 나는 진실하다. 너한테 숨기는 건 없다. 어디까지나 이건 사실이다. 그리고 내가 그 누구보다 성철 형님을 가장 존경하며 따른 것도 확실한 것이고."

"알겠어요. 그러나 형과 일루미나티의 관계를 완벽하게 파악하기 전까지는 저는 그 무엇도 약속할 수 없어요."

"그렇다면 네가 내 기억을 확인해 보는 건 어떨까?"

건형이 입술을 깨물었다.

완전기억능력은 절대적인 능력이다.

그러나 인간의 뇌는 아직 제대로 연구된 바 없다.

괜히 뇌를 잘못 건드렸다가 무슨 문제라도 생긴다면?

지혁이 죽을 수도 있다.

고민하던 건형이 고개를 끄덕였다.

이대로라면 이도 저도 아닌 채 건형과 지혁의 관계는 자연스럽게 멀어질 가능성이 컸다.

"형의 기억을 확인해 볼게요."

"그래."

지혁이 고개를 끄덕였다.

건형은 그의 기억을 향해 접근해 들어갔다.

커다란 바다를 건너는 일이었다.

그리고 저 멀리 황금빛으로 빛나는 기억이 있었다.

그 기억은 칼날처럼 날카로운 무언가에 감싸여 있었다.

건형은 조심스럽게 그 기억에 다가갔다.

그런 다음 기억을 자신의 능력으로 부드럽게 풀어헤치기 시작했다.

처음에 격렬하게 반응하던 그 기억은 서서히 건형에게 마음을 열더니 어느 순간 건형에게 흡수되었다.

그와 함께 건형은 모든 사건의 전말을 읽어 낼 수 있었다.

일루미나티, 로얄 클럽, 르네상스 그리고 암중의 4세력까지.

건형은 그것을 모두 알아낸 순간 머리끝이 파르르 떨렸다.

온몸에 전율이 흐르고 있었다.

그리고 그는 지혁이 어떻게 해서 이 기억을 가지고 있는지 깨달을 수 있었다.

이것은 그가 자신에게 전달하고자 하는 메시지였다.

완전기억능력자만 풀 수 있는.

알렉산더 페렐만 그리고 클라우스 라트비히.

그가 건형에게 주는 메시지였다.

알렉산더 페렐만, 그는 집요한 인물이었고 오래전부터 이것들을 준비해 왔었다.

그가 소속되어 있는 건 하나의 커다란 집단이었고 그 집단은 일루미나티나 로얄 클럽, 르네상스 못지않게 거대한 제국이었다.

그 제국이 표적으로 삼고 있는 건 일루미나티였다.

세계를 자신의 것으로 삼고자 하는 일루미나티.

그리고 그 제국은 일루미나티의 그런 광오함을 거부했다.

그러면서 그들은 온갖 방법으로 일루미나티를 방해했다.

9.11 테러도 그 하나의 예였다.

그들은 점조직으로 이루어진 테러 조직이었다.

지하드.

성전을 뜻하는 아랍어.

이것은 오래전부터 대립해 온 두 집단의 전쟁이었다.

일루미나티와 지하드.

로얄 클럽이나 르네상스는 이 두 조직에서 떨어져 나온 갈래에 불과했다.

알렉산더 페렐만 교수는 지금 건형에게 묻고 있었다.

자신의 편에 설 것인지 아니면 일루미나티의 편에 설 것인지.

이 선택지에 중간은 없었다.

흑 아니면 백.

그리고 그 예고대로라면 조만간 전쟁은 벌어질 확률이 높았다.

일루미나티와 지하드. 그리고 남은 세력들.

건형은 그 시점에서 생각을 멈췄다.

Chapter. 02

건형은 홀로 호텔에 머무르고 있었다.

휴대폰에 수십 통의 부재중 전화가 남겨져 있었지만 그는 확인하지 않고 있었다.

지혁의 기억을 통해 읽어 낸 건 충격적인 것들뿐이었다.

결론적으로 이야기한다면 지혁은 일루미나티 또는 지하드, 이런 곳들과 하등의 관계가 없었다.

그가 일루미나티에 접촉했던 건 단 하나.

박성철. 건형의 아버지.

그의 죽음에 얽힌 일을 알아보기 위해서였다.

건형의 아버지를 죽인 건 강해찬 국회의원이었다.

강해찬 국회의원이 자신의 운전기사를 시켜 뺑소니 사고를 일으키게 했다.

그 뺑소니 사고를 일으킨 사람의 아들이 바로 장형철.

강해찬 국회의원의 수석 비서관이었다.

그들을 배후에서 조종한 것은 친일 세력들이었다.

그들은 리폼 코리아 프로젝트가 실행되는 걸 거부했다.

리폼 코리아 프로젝트 중에는 친일파를 발본색원한 후 모두 제거하는 내용도 담겨 있었다.

해방 이후 친일파를 모두 제거하지 못했고 그것으로 인해 여태껏 나라 꼴이 엉망진창이 되어 버린 것을 되갚기 위해서였다.

이 친일 세력들 중 일부는 일루미나티에 몸을 담고 있었다.

일루미나티는 미국을 중심으로 한 재력가들, 권력자들의 모임으로 그들은 세계를 자신의 깃발 아래 놓는 것을 하나의 목적으로 삼고 있는 자들이었다.

여기서 아버지의 죽음과 일루미나티가 직접적으로 관련을 갖고 있다고 보기에는 어려웠다.

일루미나티에 속해 있는 몇몇 친일 세력들이 아버지를 죽인 것이었으니까.

그렇지만 일루미나티가 의도적으로 그것을 노린 건지는 알아봐야 할 문제였고 알렉산더 페렐만 교수가 이 메시지를 전달한 의도는 하나였다.

자신이 일루미나티를 적대하게 만드는 것.

그는 완전기억능력자인 자신을 무저갱에 가둔 일루미나티를 극도로 증오하고 있었다.

그랬기에 그는 지하드라는 테러 집단에 가담한 것이었다.

그리고 엘런 가문.

그들은 지하드라는 집단과 여러모로 엮여 있었다.

미국 최대의 부호 가문 중 한 곳이 바로 지하드와 밀접한 관계를 가지고 있는 셈이었다.

즉 일루미나티는 지금 내부에 적을 두고 있다는 말이었다.

어쨌든 건형은 여기서 판가름을 해야 했다.

세계는 흑 또는 백 둘 중 하나에 휩쓸리고 있었다.

르네상스나 로얄 클럽도 적지 않은 힘을 가지고 있지만 그들의 힘은 일루미나티나 지하드에 비할 바가 되지 않았다.

결국 그들도 둘 중 하나에는 휩쓸리게 될 터였다.

건형이 중립을 자처한다고 해도 그것은 분명 한계가 찾아오게 될 테고 하나의 진영을 선택해야 하는 결과를 만들게 분명했다.

세계 2차 대전이 끝나고 자유주의와 공산주의 진영으로
세계가 두 동강이 났듯이.

건형은 생각의 정리를 끝냈다. 그리고 휴대폰을 확인했다.

지혁, 지현, 어머니, 여동생, 민수 형 등 자신을 아는 사
람들에게서 연락이 한두 통은 와 있었다.

그는 제일 먼저 지현에게 전화를 걸었다.

그가 사랑하는 연인이자 유일하게 마음을 터놓을 수 있는
사람이었다.

[오빠, 여태 왜 전화를 안 받았어요!]

"미안해. 생각할 시간이 필요했어."

[무슨 생각할 시간요? 안 좋은 일 있는 거예요? 뉴욕에
갔다 온 일이 잘 해결 안 됐어요?]

"그건 아니야. 골치 아픈 일이 생겨 버렸을 뿐이지. 그건
그렇고 어디야?"

[저는 지금 집이죠. 오빠야말로 어디예요? 집에 안 들어
오고 어디 간 거예요!]

"혼자서 생각할 시간이 필요해서 호텔에 와 있어. 지금
바로 갈게."

[호텔요? 혼자 호텔 간 거예요?]

"응. 치금 바로 갈 거야. 미안."

[무슨 일인지 집에 오자마자 바로 알려 줘야 해요. 알았죠?]

"그래. 그렇게 할게. 너도 결정을 내려야 할 테니까."

건형은 전화를 끊었다.

그 이후 어머니와 여동생에게도 전화를 걸었고 간단히 안부 인사를 남겼다. 그런 다음 그는 지혁에게 전화를 걸었다.

"형, 접니다."

[그래. 나 때문에 머리 아프게 해서 미안하다.]

"아니에요. 형이 잘못한 건 없어요. 알렉산더 페렐만, 그가 형님을 통해 저한테 메시지를 전달한 것뿐이에요. 그는 아마 귀국한 이후 제가 이 메시지를 읽어볼 거라는 걸 예측하고 있었을 거예요. 그도 완전기억능력자니까요."

[그래서 너는 어떻게 할 생각이냐?]

"굳이 흑 또는 백에 서야 할까요? 일루미나티나 지하드나 사실 따지고 보면 다 비슷한 놈들인데."

[그건 그렇지만…….]

"르네상스, 로얄 클럽 저는 두 곳과 모두 친분이 있어요. 차라리 그럴 바에는 제가 제3의 세력을 만들겠어요. 세계 2차 대전이 끝나고 제3 세계가 생겼듯이."

건형이 힘을 주어 대답했다.

더 이상 누군가에게 끌려다닐 생각은 없었다.

그럴 바에는 맞서 싸우는 편을 선택할 생각이었다.

건형은 한번 마음을 먹은 이상 빠르게 움직이기로 마음먹었다.

그는 로얄 클럽, 르네상스 두 곳 모두와 친분이 있었다.

르네상스 같은 경우 오랜 시간 건형에게 공을 들여 왔다.

특히 르네상스는 완전기억능력자가 가지는 가치에 대해 잘 알고 있다. 르네상스가 일루미나티와 전쟁을 벌였을 때 완전기억능력자가 가진 능력이 얼마나 대단한 것인지 직접 실감했었기 때문이다.

'그 완전기억능력자는 누구였을까?'

세계적으로 이름난 석학이리라.

르네상스에서도 독보적일 정도의 위치를 구축한 인물일 테고 대영제국의 훈장을 받은 위인일 수도 있을 터.

건형은 우선 서머싯 공작을 만나기로 마음먹었다.

그가 르네상스의 수장이었다.

그러려면 약속을 잡아야 했다.

'노먼 커널트가 최측근이니까 그에게 연락을 해야 하는데…… 헨리 잭슨 교수님의 도움을 받을 수밖에 없겠어.'

로얄 클럽은 어떠할까?

로얄 클럽에도 그는 여러 사람을 알고 있다.

우선 뒤퐁 가문의 가주 크리스토퍼 뒤퐁.

중국 중앙위원회 총서기 친원싼.

덴마크의 왕자 헨릭 올거 왈데마르.

그리고 사우디아라비아의 왕자 알 왈리드까지.

이들 모두 로얄 클럽의 구심점이라고 불려도 과언이 아니다.

로얄 클럽, 르네상스.

이 두 세력이 뭉친다면 저들과도 자웅을 겨뤄 볼 만큼 강력한 집단으로 자라날 수 있다.

건형이 노리는 건 바로 그 점이었다.

애꿎게 어느 한 곳에 속해야 할 필요는 없었다.

아마 알렉산더 페렐만 교수는 그 선택을 크게 아쉬워하겠지만 건형은 그의 말을 따를 생각을 하지 않고 있었다.

그것은 일루미나티나 지하드. 이 두 집단이 품고 있는 의도가 지나칠 정도로 위험했기 때문이다.

일루미나티나 지하드나 궁극적으로 원하는 건 이 세계의 절대적인 지배였다. 또한 두 곳 모두 힘으로 그 지배를 가져가려고 한다는 점도 같았다. 어떻게 보면 두 곳은 바둑알의 앞면과 뒷면처럼 똑같다고 봐야 했다.

건형이 거부감을 느끼는 건 바로 그것 때문이었다.

건형은 다시 지혁을 만났다.

지혁의 기억을 읽고 난 뒤 건형은 그를 떠나 호텔을 찾았다. 그리고 그곳에서 생각을 정리했다.

하루 만에 다시 만난 지혁은 무척 초췌해 보였다. 자신도 모르는 것을 자신이 숨기고 있었다는 생각에서였다.

물론 건형은 지혁을 탓할 생각이 없었다.

그것은 그의 잘못이 아니었다.

알렉산더 페렐만.

그가 일부러 숨긴 것이었다.

나중에 자신을 만나고 난 뒤 주는 서프라이즈 선물 같은 것.

"그래서 결정은 내린 거냐?"

"네. 저는 두 곳 어디와도 손을 잡지 않겠어요."

"그래서 선택한 곳이 르네상스와 로얄 클럽이야?"

"예. 두 곳은 비교적 덜하니까요. 그리고 일루미나티나 지하드와 맞서 싸우려면 그 정도 조직은 있어야 할 테고요."

"일루미나티나 지하드에서 거부감을 드러낼 거야. 잘못하면 세계 각지에서 간헐적인 전투가 빈번하게 일어날지도 모르고."

"그 정도는 각오해야죠. 르네상스와 로얄 클럽도 계속해서 준비를 했을 거예요. 그것을 믿어 봐야죠."

"그래서 어떻게 하려고?"

"일단 르네상스는 서머싯 공작을 설득해야 해요. 그러려면 노먼 커널트를 우선 만나 봐야 할 거 같아요."

"노먼 커널트? 그 노벨 물리학상 수상자 말하는 거지?"

"예. 그도 르네상스 회원이니까요."

"그래. 저번에 그렇게 이야기했지. 그러면 로얄 클럽은?"

"알 왈리드 왕자가 있죠. 그가 은연중에 팀을 이끌더군요. 그를 만나서 이야기를 나눠 보면 방법이 생기지 않을까 싶어요."

"후, 결국 영국하고 사우디아라비아를 갔다 와야 하는 건가?"

"예. 그래야죠. 그리고 셋이서 한번 모임을 가져야겠죠? 로얄 클럽의 리더가 누군지 모르겠지만 다 같이 만나서 의논을 해 볼 생각이에요."

"지하드라…… 로얄 클럽이나 르네상스는 그들에 대해 알고 있을까?"

"글쎄요. 음, 모르고 있을 거 같아요. 만약 안다면 어떤 식으로든 그들과 접촉했을 텐데 그런 징후는 없었으니까요."

"그래, 알았다. 내가 도와줄 건?"

"국내 정세를 신경 써서 알아봐 주세요. 지난번 강해찬 국회의원이 통과시키려고 한다는 그 법안은 어떻게 됐어요?"

"일단 표류 중이야. 강해찬 의원은 어떤 식으로든 통과시키려고 하지만 그게 쉽지 않아. 기업인들도 로비를 해서 그것을 막으려 하고 있고."

"아무래도 친기업적인 성향을 가진 여당이 그런 정책을 내놓는다는 건 반발을 살 수밖에 없었을 거예요."

"그렇지. 그러니까 그 부분만큼은 당분간 걱정을 놔도 될 거 같다. 그리고 장형철, 그 사람에 대해 알아봤는데 그놈 아버지가 강해찬의 명령을 따른 게 확실한 거 같다. 성철 형님 뺑소니 사고에 그놈 아버지가 깊숙하게 개입되어 있어."

"그러면 장형철이 강해찬 국회의원의 수석 보좌관으로 있는 건 그 공로에 따른 포상인 걸까요?"

"그건 확실하지 않아. 장형철, 확실히 능력이 있다고 평가받고 있거든. 내가 볼 때는 자신의 능력으로 그 자리까지 오른 거 같아."

"흠, 주의해야겠네요."

"그래야겠지. 아, 일단 출국하기 전에 지현이는 보고 가야지."

"……그러네요."

생각해 보니 집에 들어가는 걸 또 까먹었다.

생각을 정리하고 지혁을 먼저 만나야 한다는 생각 때문이었다.

건형은 시간을 확인했다.

오후 일곱 시.

호텔에서 거의 하루하고 반나절을 고민하는 데 썼다.

지금 빨리 서울로 돌아가야 했다.

건형은 지혁을 뒤로한 채 서울로 발걸음을 옮겼다.

이미 그는 완전기억능력을 무궁무진한 방법으로 사용할 수 있게 되어 있었다.

그렇지만 알렉산더 페렐만, 그의 말이 마음에 걸렸다.

완전기억능력을 계속 무모하게 사용하는 건 스스로를 갉아먹는 것과 다를 바 없다는 말.

지금 건형은 지나치게 완전기억능력을 남용하고 있었다.

그게 어떠한 부작용을 일으킬지 알 수 없는 일이었다.

그러나 지금은 최대한 빨리 집으로 돌아가는 게 중요했다.

순식간에 건형은 서울에 도착했고 집 근처까지 오는 데는 그리 긴 시간이 필요하지 않았다.

집에 도착한 뒤 건형은 조심스럽게 벨을 눌렀다.

잠잠—

집 안은 조용했다.

건형은 다시 한 번 벨을 눌렀다.

물론 현관문의 비밀번호도 알고 있고 지문 인식도 가능하지만 건형은 그렇게 하지 않았다.

지현이 스스로 화를 풀 때까지 기다릴 필요가 있었다.

그렇게 얼마나 기다렸을까. 드디어 현관문이 열렸다.

건형은 조심스럽게 그 안으로 발걸음을 내디뎠다.

마치 지옥에 들어선 망자의 심정이 되어 있었다.

*　　*　　*

건형은 거실에 앉아 있는 지현을 발견했다.

그녀는 단단히 뿔이 난 상태였다.

뉴욕에 갔다 온 예비 서방님이 연락도 받지 않은 채 갑자기 잠수를 타 버렸기 때문이다.

남자들은 예민하고 가끔씩 자신만의 시간을 위해 동굴에 들어간다는 것을 연애 소설을 통해 알게 된 지현이다.

그렇지만 연락 한 통 주지 않았다는 건 너무나도 섭섭한 행

위였고 당연히 지현 입장에서는 심통을 부릴 수밖에 없었다.

아무리 바빠도 문자 한 통, 전화 한 번은 할 수 있는 거 아닌가.

"휴, 미안해. 일부러 그런 건 아니었어."

"쳇. 됐어요. 나보다 더 중요한 일이 있었다는 이야기잖아요."

"아니야. 그런 일이 어디 있어. 이 세상에서 가장 중요한 건 너야."

"그 말 믿을 줄 알고요? 전혀 안 믿어요."

"……회사 스케줄 많이 바빠?"

"아니요. 그렇게 바쁜 편은 아니에요."

건형이 뉴욕에 갔다 오는 사이 지현은 2집 앨범을 성공적으로 마무리 지은 상태였다.

이미 그녀 통장에는 거액의 현찰이 속속 들어오고 있었고 지현의 부모님은 그 액수에 눈을 휘둥그레 뜬 채 아무 말도 하지 못하고 있었다.

지현이 직접 작사·작곡한 노래가 많다 보니 저작권료로 적지 않은 돈을 벌어들인 셈이었다.

게다가 지현 같은 경우 주변에 함께 작업을 하고 싶어 하는 선후배 가수들이 워낙 많아서 사실대로 말한다면 지금 그녀의 일정은 빽빽하게 차 있는 상태였다. 물론 지현이 하기 싫다고 하면 회사 측에서는 어떻게 강요할 수가 없었다.

회사의 자금줄이자 가장 든든한 후원자가 지현의 남자 친구, 미래의 남편이었기 때문이다. 그 여자 친구를 돈을 벌어야 하기 때문에 굴려야 한다고 말할 수는 없지 않은가.

그러다가 만에 하나 건형이 레브 엔터테인먼트에 투자를 중지하고 본인이 직접 기획사를 차리기라도 한다면?

레브 엔터테인먼트 입장에서는 그야말로 마른하늘에 날벼락을 맞게 되는 것이었다.

그런 탓에 레브 엔터테인먼트는 쉽게 움직이질 못하고 있었다.

물론 이번에 새로 경력직으로 입사한 강 팀장은 그것을 영 못마땅하게 생각하고 있었다.

회사의 목적은 이윤을 창출하는 것이다.

그는 그것을 최고의 미덕으로 생각한다.

그리고 지금 레브 엔터테인먼트에서 가장 돈벌이가 될 수 있는 건 사람 장사고 개중에서도 지현이 최고의 효자 종목이었다.

그런데 그 지현을 회사가 이용해 먹을 수 없는 상황이었으니 강 팀장 입장에서는 열불이 날 수밖에 없었다.

그렇다고 자기 멋대로 일을 진행했다가는 저번처럼 무슨 사단이 일어날지 알 수 없었다. 자신이 기획실장이라고 하지만 상대는 레브 엔터테인먼트의 이사였다.

지현은 별다른 일이 없다고 했지만 건형은 그녀 스케줄이 빽빽하게 차 있다는 걸 눈치챘다.

물론 전부 다 해야 하는 건 아니다.

그러나 개중 몇몇은 가요계 선배이기 때문에 혹은 어쩔 수 없는 사정으로 해야 하는 것일 수도 있다.

물론 정재계 고위 인사들의 청탁이라고 한다면?

건형이 당장 나서서 그 고위 인사의 머리털을 죄다 뽑아 버렸을 것이다.

애초에 그런 건 사전에 커팅을 해 버리고 있었다.

어쨌든 건형은 지현에게 이야기를 꺼낼 수밖에 없었다.

"휴, 이런 말해서 미안한데 내일이나 모레 영국하고 사우디아라비아를 갔다 와야 할 거 같아."

"네? 그게 무슨 말이에요? 뉴욕 갔다 온 지 얼마나 됐다고 또 거기를 가요."

"상황이 급변했어. 알렉산더 페렐만 교수를 만났고 그가 꾸미는 일을 전해 들을 수 있었어. 그리고 그를 막으려면 나도 세력을 뭉쳐야 한다는 걸 깨달았고."

"사우디아라비아는…… 알 왈리드 왕자를 만나러 가시는 거죠?"

"응, 맞아."

"런던은 르네상스 때문이겠네요."

"그래."

"결국 르네상스와 로얄 클럽, 두 곳을 만나러 가시는 거네요."

"응, 그럴 생각이야."

잠시 고민하던 지현이 조심스럽게 입을 열었다.

"저도 함께 가면 안 돼요?"

"응? 한국에서의 스케줄은 어떻게 하고?"

"……안 해도 돼요."

"위험하지 않을까?"

"오빠 곁이 가장 안전하지 않을까요?"

요지부동.

그런 지현의 고집에 건형은 두 손 두 발을 다 들 수밖에 없었다. 그렇게 건형은 지현과 함께 영국과 사우디아라비아 두 곳을 찾아가기로 마음먹었다.

그러나 그 전에 국내에서 해결해야 할 일이 있었다.

Chapter. 03

국내에서 해결해야 할 일은 크게 세 가지였다.

첫째, 태원 그룹.

태원 그룹과 BP 그룹, 두 그룹이 집중하고 있는 차세대 에너지 개발 사업에 관한 문제를 매듭지어야 했다.

며칠 전 간략하게 이야기를 접한 결과 차세대 에너지 사업은 순조롭게 진행 중이었다.

스티븐 윌리엄스가 합류하면서 에너지 개발 사업이 한층 더 가속도를 내기 시작했고 조만간 프로토 타입이 완성될 듯했다.

물론 최종적으로는 건형이 필요했다.

어찌 됐든 차세대 에너지 기술의 핵심 코어(Core)는 건형이 갖고 있는 완전기억능력이기 때문이다.

그렇다 보니 한 번쯤 태원 그룹을 방문해야 할 필요성이 있었다. 겸사겸사 입국해 있는 스티븐 윌리엄스 박사를 만나 보고 싶기도 했다.

둘째, 강해찬과 장형철.

두 사람은 무엇을 믿고 날뛰는지 모르겠지만 최근 들어 건형을 향해 적대적인 자세를 뚜렷하게 취하고 있었다.

예전에는 그게 단순히 자세에 불과했다면 지금은 대놓고 그것을 찌르려는 움직임으로 형상화되는 중이었다.

솔직히 건형은 그들을 쥐도 새도 모르게 죽일 수 있는 힘을 갖고 있었다.

단지 그렇게 하지 않는 건 법률 때문이었다.

또, 가족들에게 살인자라고 불리고 싶지 않아서이기도 했다.

이들을 어떻게 처리해야 할지 가장 난감한 게 사실이었다.

마지막으로 세 번째, 이지현.

지현의 향후 거취가 관건이었다.

영국과 사우디아라비아를 함께 가기로 했지만 위험 요소

가 곳곳에 있었다.

지현을 데리고 두 나라를 안전하게 다녀올 수 있을지 확신이 서질 않았다.

애초에 그녀를 데려가려고 하지 않았던 건 그런 이유 때문이다.

그러나 지현이 완강하게 고집을 피웠고 하는 수없이 그녀와 함께 움직이게 됐다.

두 사람이 함께 움직이면 문제 되진 않는다.

문제는 지현이 홀로 떨어질 경우다.

그럴 가능성을 단 0.1%라도 주지 않으면 되겠지만 세상 일이라는 건 확답할 수 없는 것이고 언제 무슨 일이 일어날지는 알 수 없는 것이었다.

게다가 지현의 부모님에게도 허락을 받아야 했다.

두 사람이 함께 출국하게 되면 기자들이 냄새를 맡고 달려들 게 뻔한데 어느 정도 양해는 구해 놔야 했다. 그러다가 괜히 공중파 뉴스에서 먼저 그 소식을 접하게 하고 싶진 않았다.

여기에 레브 엔터테인먼트.

그리고 강 팀장이라는 사내.

그를 만나 볼 필요도 있었다.

강 팀장, 그가 레브 엔터테인먼트를 어떻게 운영하려 하는지 그것에 대해 이야기를 들어 보고 싶었다.

그렇게 국내에 머무르며 해야 할 일을 결정한 뒤 건형은 곧장 움직이기 시작했다.

제일 먼저 해결하기로 마음먹은 건 레브 엔터테인먼트 그리고 강 팀장에 관한 것이었다.

건형은 아름답기 이를 데 없는 람보르기니를 끌고 곧장 강남으로 향했다.

꽉 막힌 도로에서 한두 차례 정체 현상을 겪던 건형은 가까스로 회사에 도착할 수 있었다.

오랜만에 찾은 빌딩 앞에는 여전히 수많은 사생팬들이 몰려 있었다.

레브 엔터테인먼트에는 아직까지 남자 아이돌이 없었으니 여자 아이돌을 기다리는 걸 테고 이 정도로 사생팬을 거느리고 있다면 그 그룹은 단 하나밖에 없었다.

그룹 플뢰르.

오매불망 그녀들이 출근하기만을 기다리는 모양이었다.

그때 람보르기니가 나타나자 시선이 확 쏠릴 수밖에 없었다.

애초에는 지상 1층에 차를 대 둘까 생각했던 건형은 등 뒤로 수백 명이 넘는 사생팬들이 달려드는 것을 보며 재빠르게 후진을 밟았다.

지하 주차장으로 가야 할 듯싶었다.

지하에 차를 댄 다음 건형은 엘리베이터를 타고 정명수 사장이 머무르고 있는 곳부터 향했다.

이미 연락이 들어갔을 테고 정명수 사장이 자신을 기다리고 있을 터였다. 그 강 팀장이라는 사람도 함께 와 있을지 몰랐다.

사장실 앞에 도착한 건형은 예의상 입을 열며 노크를 했다.

"정 사장님, 저 박 이사입니다."

"들어오시죠."

예상대로였다.

레브 엔터테인먼트 안에는 정명수 사장 말고 처음 보는 사내가 있었다.

나이는 삼십 대 초반에서 중반 사이.

잘나가던 대형 연예기획사의 실장 노릇을 하다가 이곳 레브 엔터테인먼트로 넘어왔다고 들었는데 왜 자신의 자리를 박차고 나온 건지 이해할 수 없었다.

"처음 뵙겠습니다, 박 이사님. 지금 기획실장을 맡고 있는 강찬호라고 합니다. 지난번 일을 사과드리려고 여기서 기다리고 있었습니다."

아마도 그가 사과하겠다고 하는 건 지현의 미니 앨범에 관한 것일 테다.

회사 수익의 극대화를 위해 미니 앨범을 내려다가 지현의 거부로 인해 그게 물거품이 되어 버렸지만 건형은 그런 일이 다시는 발생하지 않도록 할 생각이었다.

가수들 개중에서 싱어송라이터는 대부분 섬세한 예술가다.

또 그렇다 보니 그들을 재촉하거나 닦달한다고 해서 예술이 나오는 건 아니다.

예술이 나오기 위해서 필요한 건 기다림이라는 미덕이다.

건형은 그것을 강 팀장에게 확고히 기억시키고자 했다.

"그 일 때문에 오늘 레브 엔터테인먼트를 들른 것이기도 합니다."

"크흠."

정명수가 얼굴을 붉혔다.

강 팀장은 자신이 영입한 인사다.

한때 스타플러스 엔터테인먼트의 기획실장이었다가 드림 엔터테인먼트로 자리를 옮긴 그는 무소불위의 권력자였다.

드림 엔터테인먼트에서 윤정민 사장과 함께 그가 키워 낸 아이돌, 대박을 친 히트곡은 어마어마하다.

괜히 윤정민 사장이 억대 연봉을 약속하며 그를 회유하려 했던 게 아니다.

그런데 그는 뜻밖에도 레브 엔터테인먼트에 연락을 취했다. 그리고 레브 엔터테인먼트에서 일하고 싶다고 견해를 밝혔다.

정명수 사장이 이 기회를 놓칠 수는 없었다.

현재 레브 엔터테인먼트는 소수 정예 구조로 진행 중이었다.

건형이 능력을 부여한 몇몇 사람들을 제외하면 대부분 그 재능이 변변치 않았고 그렇다 보니 제대로 된 자신의 세계 하나 그려 내지 못하고 있었다.

정명수 사장이 갖고 있는 불안감을 모르는 건 아니었다.

플뢰르가 스타플러스 엔터테인먼트를 떠나고 그 잘나가 던 스타플러스가 어떻게 망했는지 선례가 있기 때문이었다.

분산 투자.

계란을 한 바구니에 담는 게 아니라 여러 군데 나눠 담는 것.

정명수 사장이 지금 생각하고 있는 건 바로 그런 것이었다.

건형은 강찬호를 보자마자 완전기억능력으로 그의 정보

를 훑었다.

확실히 그는 뛰어난 경력자였다.

각종 엔터테인먼트에서 군침을 흘릴 수밖에 없는 스펙을 쌓고 있었다.

그러나 레브 엔터테인먼트하고는 어울리지 않는 사람이었다.

레브 엔터테인먼트가 다른 여타 소속사들과 비슷한 노선을 취하려고 한다면 그의 존재가 절실하겠지만 레브 엔터테인먼트가 취하고 있는 노선은 뮤지션을 키워 내는 것이었기 때문이다.

건형이 그 점을 지적하고 나섰다.

"정 사장님이 무슨 이유로 당신을 고용했는지는 알 거 같습니다. 그러나 우리 회사하고 당신은 어울리지 않습니다."

"그게 무슨 말씀이십니까?"

"우리 회사가 원하는 건 아이돌이 아니라 뮤지션입니다. 플뢰르의 멤버들도 각자 자신이 잘하는 분야를 파고들고 있죠. 그건 다른 연습생들도 마찬가지입니다. 저는 그들이 살아 숨 쉬는 음악을 하길 바라지 아이돌이 되길 바라는 게 아닙니다."

"정 사장님 생각은 조금 다르시더군요. 그건 어떻게 된 겁니까?"

건형이 정명수를 바라봤다.

그가 곰곰이 생각에 잠겨 있다가 입을 열었다.

"회사 내부적인 사정은 그 어떤 때보다 더할 나위 없이 좋습니다. 그렇지만 저는 회사가 더 발전해야 한다고 생각했습니다. 눈에 넣어도 아프지 않을 이 아이가 얼마나 자라나는지 보고 싶었기 때문이죠. 그래서 강 팀장을 새로 데려왔습니다. 박 이사님, 인사권에 관한 문제는 전적으로 저한테 있는 것으로 압니다. 그렇지 않습니까?"

결국 정명수 사장이 초강수를 빼어 들었다.

인사권.

인사권에 관한 건 정 사장한테 있다.

건형이 대주주고 이사라고 하지만 그것까지 터치할 수는 없다.

비율로 놓고 보면 정명수가 51%, 건형이 49%이기 때문에 무효로 만들 수도 없었다.

결국 건형이 정명수를 쳐다보며 물었다.

"사장님은 아이돌을 키워 낼 생각입니까?"

"그건 아닙니다. 저도 박 이사님의 의견에는 십분 공감하고 있습니다."

"그렇다면……."

"당연히 뮤지션을 키워 내야죠. 저는 제가 키워 낸 이 아이가 올바르게 성장하길 바랍니다. 잠깐 욕심에 눈이 멀어서 성급하게 결과를 만들어 내려 했었지만 그렇게 하지 않겠습니다. 강 팀장님도 그렇게 해 주실 겁니다."

강찬호가 그 말에 함박웃음을 지었다.

그 역시 음악을 사랑하는 남자였다.

후크송, 섹시 컨셉, 도발적인 안무 등 싸구려 패스트푸드처럼 쉽게 소비되어 버리는 그런 아이돌은 지긋지긋했다.

그런데도 불구하고 그가 이 일을 하는 건 먹고살아야 했기 때문이다.

그렇지만 실적 문제로 더 이상 걱정하지 않게 생겼으니 강찬호는 자신이 평소 생각하던 것을 마음껏 펼칠 수 있게 되었다.

건형은 그 말에 미소를 지었다.

슬쩍 완전기억능력으로 훑어본 강찬호라는 사람의 됨됨이는 나쁘지 않아 보였다.

게다가 능력도 출중한 게 믿겨 봐도 될 것 같았다.

그렇게 세 사람이 의기투합하고 레브 엔터테인먼트의 정체성이 정해졌다.

물론 그와는 별개로 곡소리를 내며 앓는 사람들도 있었다.

그건 레브 엔터테인먼트의 연습생들이었다.

하나의 문제를 마무리 지은 다음 건형은 곧장 다음 문제에 착수했다.

다음으로 해결해야 할 문제는 태원 그룹과 BP 그룹 그리고 그 사이에 있는 차세대 에너지 사업에 관한 문제였다.

이제 슬슬 프로토 타입이 완성되고 있었고 남은 건 그게 얼마나 가치가 있는지 확인해 보는 작업뿐이었다.

실제로 며칠 내 체스터 브로만 회장이 직접 한국을 방문하기로 언론에 보도를 했을 만큼 차세대 에너지 사업은 세계 각국의 관심을 사고 있었다.

이 에너지 사업 하나로 세계의 판도가 뒤바뀔 수 있으니 충분히 그럴 수 있는 상황이었다.

특히 촉각을 곤두세우고 있는 건 일루미나티를 위시한 미국 석유 업체 그리고 중동의 석유 부자들이었다.

건형은 오랜만에 태원 그룹 앞에 섰다.

한때 이곳 로비를 들락날락하며 전략 기획실 일을 맡아 봤었다.

즐거웠다.

다들 자신을 진심으로 따르고 함께 위기를 헤쳐 나갔기 때문이다.

처음 세무 조사부터 나중에는 정인호 사장을 막아 내는 일까지.

어쨌든 로비에 들어선 건형은 새롭게 바뀐 안내 데스크 여직원에게 다가가서 명찰을 발급받았다.

방문자 자격의 신분증.

사람들이 수군거리는 걸 보아하니 대충 눈치를 챈 모양이었다.

"정 팀장님도 잘 지내시려나?"

정용후 회장의 손녀 정지수, 내심 그녀의 근황도 궁금했다.

만약 지현과 사귀고 있고 결혼을 생각하는 게 아니었다면 그녀의 구애를 받아들였을 수도 있을 만큼 매력적인 여성임은 분명했다.

첫 만남은 유쾌하지 않았지만 그 이후 그녀와의 관계는 나쁘지 않았기 때문이다.

그렇게 로비에 서 있던 건형은 일단 정용후 회장을 만나기 위해 엘리베이터로 다가갔다.

그때였다.

한 사람이 뒤에서 건형에게 다가왔다.

또각또각―

구두 소리.

건형이 고개를 돌렸다.

그곳에는 정지수, 그녀가 자신을 뚫어지게 바라보고 있었
다.

오랜만에 보는 정지수다.

건형은 그녀를 바라봤다.

그녀는 몰라보게 아름다워져 있었다.

마치 내가 이 정도인데 그래도 나를 모른 척할 거냐며 이
야기를 하는 듯했다.

'설마 나 도끼병인가?'

건형은 피식 미소를 지었다.

그럴 리는 없다.

그래도 지수를 보니 마음이 뿌듯했다.

그녀는 얼마 전 공석이 되어 있던 전략 기획실의 실장 자
리로 인사 발령이 났다고 들었다.

일각에서는 우려가 많았지만 건형의 뒤를 이어 새롭게 전
략 기획실장이 된 지수가 일 처리를 매끄럽게 하면서 신뢰
를 쌓고 있다고 한다.

단순히 혈연을 통해서가 아니라 자신의 능력으로 스스로

가치를 입증한 것이다.

"정 팀장…… 아니, 정 실장님. 오랜만이에요."

"박 실장님. 오랜만에 뵙네요."

지수는 오랜만에 보는 건형을 바라봤다.

여전히 그는 자신의 마음을 한가득 사로잡고 있었다.

곁에 있는 지현만 아니라면 자신에게도 기회가 생길 텐데, 라는 생각은 그대로였다.

그러나 그녀는 상념을 접었다.

오늘은 사적인 만남이 아니라 공적인 만남이었다.

자신의 직분에 최선을 다해야 할 의무가 있었다.

"회장님을 뵈러 오셨나요?"

"예. 프로토 타입이 어느 정도 완성됐다고 들어서요. 확인차 들렀습니다."

"말하신 대로 프로토 타입은 상당 부분 진행이 완료됐어요. 닥터 윌리엄스가 합류하면서 상당히 일이 진척됐죠. 이게 다 박 실장님 덕분이에요."

"저는 딱히 한 게 없습니다. 브로만 회장과 정 회장님이 용단을 내려 주신 덕분이죠."

"그런가요? 회장님께서 그 말을 듣는다면 기뻐하실 거예요. 어쨌든 올라가시죠."

"정 실장님도 회장님께서 부르신 모양이군요."

"예. 같이 올라오라고 하시더군요."

건형은 그제야 정용후가 정지수를 일부러 이곳 로비로 내려보냈음을 깨달았다.

아마 정용후는 여전히 미련을 버리지 못한 것일지도 몰랐다.

첫 만남 이후부터 정용후는 자신을 정지수와 엮어 주려고 했었으니까.

건형과 지수는 단둘이 엘리베이터에 올라탔다.

최고층으로 올라가는 엘리베이터 안에서 두 사람은 아무 말도 없었다.

'바보야. 무슨 말이라도 해야지.'

지수는 속으로 어떤 말을 어떻게 꺼내야 할까 궁리하고 있었지만 마땅히 떠오르는 말이 없었다.

그러는 사이 4층, 5층, 6층…… 엘리베이터는 계속해서 올라가는 중이었다.

그러던 그때 건형이 먼저 입을 열었다.

"회사 분위기는 어떤가요?"

"좋아요. 다들 열심히 일해 주고 있고요. 아마 내년에는 재계 3위를 확고히 굳힐 수 있을 거 같네요. 그리고 내후년에는…….”

내후년쯤 차세대 에너지가 상용화될 예정이다.

그리고 차세대 에너지가 상용화된다면?

태원 그룹의 위상은 한층 더 올라갈 것이다.

그렇게 된다면 재계 1위를 꿈꾸는 것도 불가능한 일은 아니다.

공룡 같은 쌍성을 상대로 카운터펀치를 날릴 수 있게 되는 것이다.

“잘될 겁니다. 태원 그룹만큼 사내 복지가 잘 되어 있는 회사도 없으니까요.”

건형은 찡긋 웃어 보였다.

그 모습에 지수는 또 한 번 심장이 두근거렸다.

심장이 자꾸 그한테 반응하고 있었다.

그리고 지수가 자신도 모르게 입을 열려 할 때였다.

띵동—

엘리베이터가 최상층에 도착했다.

“내리시죠.”

회장실에 도착한 엘리베이터에 지수는 어버버하다가 그만 내릴 수밖에 없었다.

전략 기획실에서는 강철의 여인으로 평가받는 그녀가 건

형 앞에서는 제대로 말조차 꺼내지 못하고 있었다. 만약 전략 기획실 팀원들이 이 모습을 봤다면 대경실색했을 것이다.

어쨌든 건형은 오랜만에 정용후 회장의 집무실 앞에 섰다.

비서가 안에 연락을 넣었고 잠시 뒤 정용후 회장이 직접 걸어 나왔다.

"하하. 오랜만이군, 박 실장. 아니, 이제는 뭐라고 불러야 하나?"

"편히 불러 주십시오."

"음, 우리 회사의 대주주이기도 한데……이참에 우리 회사 이사 자리를 하나 줄까?"

"레브 엔터테인먼트에서 이사 노릇 하기도 바쁩니다. 괜찮습니다."

"휴, 그래. 박 군, 일단 안으로 들지."

건형은 정용후 회장 뒤를 쫓아 회장실 안으로 들어왔다.

안에는 반가운 얼굴이 두 명 자리하고 있었다.

한 명은 BP 그룹의 회장 체스터 브로만이었고 다른 한 명은 노벨 물리학상 수상에 빛나는 스티븐 윌리엄스 박사였다.

"오, 프로페서 팍!"

"닥터 윌리엄스."

자신을 반갑게 맞이하는 스티븐 윌리엄스를 보며 건형이

고개를 숙였다.

그 뒤를 이어 체스터 브로만도 웃으며 손을 건넸다.

건형과 지수가 두 사람 맞은편에 앉고 난 뒤 정용후 회장이 입을 열었다.

"자, 그러면 이야기를 시작해 보도록 하지. 일단 차세대 에너지 상용화는 어느 정도 진척이 된 겁니까?"

정용후 회장이 유창한 영어로 스티븐 윌리엄스에게 물었다.

스티븐 윌리엄스가 미소를 지으며 말했다.

"그건 아직 멀었습니다. 지금은 프로토 타입이 완성된 거니까요. 프로토 타입을 테스트해 본 이후 상용화에 들어갈 예정입니다. 빠르면 내후년, 늦어도 사 년 안에는 마무리되지 않을까 싶군요."

"아직 조금 더 기다려야겠군요."

체스터 브로만 회장이 건형을 보며 물었다.

"미스터 팍, 팍은 이 일을 도와줄 수 없나?"

건형은 생각에 잠겼다.

자신이 그리는 그림대로라면 일루미나티 역시 무너트려야 할 대상에 속한다.

차세대 에너지 기술은 일루미나티의 근간을 뒤흔들 수 있는 힘이 될 수 있다.

그렇게 생각해 본다면 스티븐 윌리엄스를 도와서 차세대 에너지 기술의 상용화에 앞장서는 게 바람직할지도 모른다.

문제는 그 후 BP 그룹 그리고 르네상스가 갖게 될 힘이다.

일루미나티와 알렉산더 페렐만 교수가 이끌고 있는 지하드라는 단체를 무너트린다고 해도 로얄 클럽과 르네상스가 그 빈자리를 차지해 버린다면?

자신이 한 건 헛수고가 될지도 모른다.

건형이 우려하는 바는 그것이었다.

"생각을 좀 해 봐야겠습니다."

"알겠네."

"그러면 일단 프로토 타입을 확인하러 가 보실까요?"

정지수가 사람들을 이끌었다.

프로토 타입은 현재 지하에 마련된 특수 연구실에서 보관 중이었다.

전체적인 연구 시설은 경기도 용인시에 위치한 연구소에 있지만 프로토 타입이 작동되는지 알아보기 위해 일부러 이곳으로 가져온 것이었다.

그들은 엘리베이터를 타고 특수 연구실로 향했다.

지하 6층에 위치해 있는 특수 연구실에서는 몇몇 과학자들이 계속해서 이런저런 것들을 테스트하고 있었다.

스티븐 윌리엄스는 특수 연구실에 들어온 다음 보관함을 꺼냈다. 그리고 금고 문을 열고 그 안에 있는 물건을 꺼냈다.

차세대 에너지 기술이 응집된 장치가 그 안에 놓여 있었다.

"이것은 차세대 에너지를 지금 우리가 사용하는 에너지로 바꿔 줄 수 있는 기계입니다. 간편하게 쓸 수 있게 에너지팩 형태로 준비를 해 뒀죠. 미스터 팍이 이곳에 에너지를 투여한다면 이 기계가 그 에너지를 환원해서 에너지팩으로 옮길 겁니다."

건형이 고개를 끄덕였다.

작동 원리는 알았다.

그 기계는 혼자 덩그러니 놓여 있었다.

기존의 에너지는 쓰지 않은 채 오로지 필요한 건 건형의 에너지뿐이었다.

결국 문제는 효율성이다.

상용화를 할 수 있을 만큼 효율적으로 쓸 수 있느냐.

그 점이 핵심 문제가 될 것이었다.

건형은 조심스럽게 완전기억능력을 끌어 올렸다.

자그마한 에너지가 그의 몸속에서 생겨났다.

건형은 그것을 손끝으로 움직였다.

그 순간 파아앗 하며 광자 에너지가 생성됐다.

건형 몸속에서 끌어낸 기운이었다.

그것을 본 사람들이 눈을 휘둥그레 떴다.

마법이라고 해도 믿어질 만큼 신기한 능력이었다.

건형은 그 광자 에너지를 그대로 기계에 흡수시켰다.

그 순간 기계가 작동하며 서서히 움직이기 시작했다.

그와 함께 에너지팩이 충전되었다.

스티븐 윌리엄스가 환한 미소를 지어 보였다.

프로토 타입이 완성됐다.

그렇지만 이후 효율성을 따져 본 그는 얼굴을 구겼다.

건형의 광자 에너지를 에너지팩에 옮겼지만 그 옮긴 양은 10%밖에 되질 않았다.

건형이 무한정한 광자 에너지를 제공하지 않는 이상 효율성은 거의 없다고 봐야 했다.

자그마한 에너지로도 에너지팩을 100% 다 채울 수 있어야 상용화를 할 수 있다고 평가를 내릴 수 있을 테니까 말이다.

그렇게 프로토 타입의 시연회가 끝났고 스티븐 윌리엄스는 에너지팩에 담긴 에너지가 어느 정도인지 확인했다. 그리고 그는 안도하며 한숨을 길게 내쉬었다.

에너지팩에 담긴 에너지량은 그 효율성이 최악이었는데도 불구하고 다른 에너지에 비해 훨씬 더 가치가 있었다.

얼마 채우지 못한 에너지인데도 불구하고 다른 에너지보다 훨씬 더 그 총량이 많았기 때문이다.

즉 석유나 석탄 에너지로 1일을 쓸 수 있는 분량을 이 에너지팩은 못 해도 3일은 쓸 수 있게 하고 있었다.

거의 3배에 가까운 효과를 보이고 있는 셈이었다.

만약 10%밖에 끌어오지 못한 저것을 최소 50% 이상 끌어올 수만 있다면?

기존 에너지는 모두 폐기될 것임이 분명했다.

"완벽하군, 완벽해. 진짜 이건 제5의 혁명이라고 불러도 무방할 거야."

스티븐 윌리엄스는 감탄을 감추지 못했다.

이건 진짜 신의 기적이나 다름없는 물건이었다.

"시간이 꽤 지났습니다. 다들 점심 식사를 하러 가시죠."

마찬가지로 흥분한 정용후 회장이 그들을 향해 부드럽게 말했다.

체스터 브로만도 고개를 끄덕였다.

활성화된 프로토 타입을 보고 있으니 자신이 한 결정이 옳았다는 확신이 들었다.

건형은 고른 건 제대로 된 선택이었다.

이제 남은 건 건형이 일루미나티가 아닌 르네상스의 편을 들어 주는 것뿐이었다.

그렇게 그들은 특수 연구실을 빠져나왔다. 그리고 로비에 도착한 뒤 바깥으로 향했다.

그때였다.

건형의 눈에 웬 수상쩍은 사람이 들어왔다.

행동거지도 이상하고 무언가 느낌이 좋질 않았다.

로비를 서성이던 그 사람이 갑자기 달려들었다. 그리고 그가 달려든 사람은 다름 아닌 스티븐 윌리엄스 박사였다.

건형이 그보다 한 발 먼저 그를 막아섰다.

마치 광견병에 옮은 사람처럼 그는 입에서 거품을 내뿜고 있었는데 품 안에는 날카로운 식칼이 한 자루 들어 있었다.

'뭐 때문에 스티븐 윌리엄스 박사를…….'

그런데 그 순간 스티븐 윌리엄스 박사가 갑자기 의식을 잃고 쓰러졌다.

체스터 브로만 회장이 다급히 스티븐 윌리엄스 박사를 붙잡았지만 이미 그는 호흡이 끊긴 상태였다.

건형은 스티븐 윌리엄스를 바라봤다.

입술이 파랗고 순식간에 양팔이 퉁퉁 붓고 있었다.

거기에 각혈을 한 상태.

'독살?'

당장 머릿속에 떠오르는 건 그거 하나였다.

'도대체 누가?'

그리고 뒤따르는 의문점.

'차세대 에너지 기술의 상용화를 두려워한 누군가가 스티븐 윌리엄스 박사를 독살했다고?'

그런데 로비를 비명 소리가 가득 메웠다.

건형이 다급히 자리에서 벌떡 일어났다.

정지수.

그녀가 한 사람을 끌어안은 채 오열하고 있었다.

그 사람은, 정용후 회장이었다.

Chapter. 04

일단 스티븐 윌리엄스 박사의 맥은 끊겼다.

즉사한 것이다.

사인은 독살.

흉수는 찾지 못했다.

정용후 회장은?

건형은 곧장 정용후 회장에게 다가갔다.

그 역시 입술이 파랗고 식은땀을 줄줄 흘리고 있었다.

다행히 즉사는 아니었다.

지수가 옆에서 그런 할아버지를 끌어안고 있었다.

건형의 머리가 맹렬하게 돌아갔다.

정용후 회장이 죽으면 가장 힘을 얻는 사람은 누구일까?

바로 정인호 사장이다.

어쨌든 정용후 회장의 후계자 1순위는 정인호 사장이다.

정지수는 그보다 더 아래다.

재산을 상속할 때에도 정인호 사장은 정지수보다 더 우선권을 가지고 있다.

정인호 사장이 만약 이런 일을 꾸민 것이라면?

건형은 절대 그를 용서하지 않겠다고 다짐했다.

그리고 정용후 회장에게 다가갔다. 그런 다음 완전기억능력을 끌어 올렸다.

완전기억능력이 이것도 가능할까?

완전기억능력은 완벽한 능력이 아니다.

해독 능력이 있을 리가 없다.

그러나 현재 건형이 기댈 수 있는 건 이것 하나뿐이었다.

그 순간 완전기억능력이 만들어 낸 힘이 묘한 능력을 발휘하기 시작했다.

순간적이지만 정용후 회장의 몸속에 들어 있던 독을 몰아내며 스스로 치유력을 발휘하기 시작한 것이다.

건형 스스로도 놀랄 정도로 기적적인 일이었다.

그렇게 정용후 회장은 가까스로 목숨은 건졌다.

그런데도 여전히 위중한 상태였다.

빨리 응급실로 옮겨야 할 듯했다.

건형은 상황을 살폈다.

광견병에 걸린 것마냥 입가에서 개거품을 물며 식칼을 들고 설치려 하던 사내는 경호원들한테 제압당한 상태였다.

"그 사람은 확실하게 구금해 두세요."

그러나 저 남자는 흉수가 아니었다.

단지 입구에서 소란을 피워 사람들의 이목을 끌게 하려는 그런 광대에 불과했다.

흉수는 따로 있었다.

그리고 이 안에 있는 게 분명했다.

그렇게 소란스러운 와중에 앰뷸런스가 도착했다.

그와 함께 정용후 회장은 앰뷸런스에 실려 근처 대학 병원으로 옮겨졌다. 당연히 정지수는 그 곁을 따랐다.

앰뷸런스에 타기 전 지수가 건형을 쳐다봤다.

함께 가 줄 수 없느냐 하는 그 눈빛.

건형은 그런 그녀의 눈빛을 외면할 수밖에 없었다.

여기서 자신이 지수 뒤를 쫓아가고 병원에 같이 도착하게 되면 기자들의 좋은 먹잇감이 되어 줄 수 있기 때문이다.

또, 그것은 지현에게 상처를 입히는 태도가 될 수 있었다.

건형은 그런 어중간한 태도는 취하지 않을 생각이었다.

그렇게 정용후 회장과 정지수가 먼저 병원으로 떠난 사이 곧이어 도착한 앰뷸런스가 스티븐 윌리엄스 박사도 태우려 했다.

그때 건형이 말했다.

"이분은 돌아가셨습니다."

"……일단 병원으로 모셔 보겠습니다."

"알겠습니다. 저도 동행하겠습니다."

"나도 마찬가지요."

체스터 브로만 회장도 정신을 추스르며 대답했다.

앰뷸런스가 먼저 출발하고 건형과 체스터 브로만 회장은 따로 리무진을 타고 그 뒤를 쫓았다.

병원으로 향하는 도중에도 그들 두 사람의 낯빛은 크게 어두웠다.

치안만 놓고 보면 대한민국은 세계에서도 최정상에 손꼽힐 정도로 좋은 편이다.

그런데 태원 그룹 본사 빌딩에서 습격을 당했다.

문제는 흥수가 누군지조차 모른다는 점이다.

'도대체 누가 이딴 짓을……'

건형이 입술을 깨물었다.

누군지는 알 수 없지만 반드시 이것을 되갚아 줄 생각이었다.

정용후 회장이 죽을 뻔했고 스티븐 윌리엄스는 사망했다.

좋은 뜻으로 차세대 에너지 기술 개발에 매달려 왔던 스티븐 윌리엄스 박사의 죽음은 세계 학계에 크나큰 충격으로 다가올 게 분명했다.

특히 물리학계에서 그를 잃은 슬픔은 이루 말할 수 없을 게 분명했다.

그때였다.

리무진 안에서 체스터 브로만 회장이 건형을 바라보며 물었다.

"흉수가 누구인지 알 거 같나?"

"저도 잘 모르겠습니다. 확인하지 못했습니다."

"그렇군. 윌리엄스 박사의 죽음은…… 정말 끔찍한 일이야. 이럴 줄 알았으면 윌리엄스 박사를 부르지 않았을 것을."

"수많은 사람들이 그를 위해 추모를 할 겁니다."

"그게 무슨 소용이 있겠나? 우선 윌리엄스 박사의 유가족에게 위로를 전달해야겠지. 휴, 정말 답답한 일이 일어났어. 흉수가 누군지 모르겠지만 우리는 반드시 그 흉수를 잡아야 할 것이네."

그때였다.

휴대폰이 울렸다.

체스터 브로만 회장이 호주머니 안에 들어 있는 스마트폰을 꺼냈다.

화면을 확인한 그가 입술을 깨물었다.

잠시 심호흡을 한 체스터 브로만 회장이 전화를 받았다.

"그래. 말하게."

[도대체 어떻게 된 일인가! 왜 스티븐이 죽었단 말인가!]

전화를 걸어온 건 노먼 커널트였다.

노벨상의 수상자이며 르네상스의 회원 중 한 명.

스티븐 윌리엄스와 돈독한 관계는 아니었지만 그 역시 르네상스에 속해 있는 학자로서 존경할 만한 학자의 죽음에 크게 충격받은 상태였다.

"자네가 이 일을 안다는 건 서머싯 공작 각하께서도 알고 계신다는 것이군."

[물론이네. 여부가 있겠나? 서머싯 공작 각하께서도 도대체 무슨 일이 일어난 것인지 즉각 관련 정보를 알아오게끔 시키셨다네. 일단 어떻게 된 일인지 설명해 주게. 미스

터 팍은 그곳에 없었던 것인가?]

속사포처럼 쏟아지는 노먼 커널트의 질문에 체스터 브로
만이 우울한 목소리로 대답했다.

"사인은 독살일세. 입술이 퍼렇게 됐고 온몸이 퉁퉁 부
었으며 곧장 심장이 멈춘 걸 보니 강력한 독에 즉사했네.
흉수는 찾지 못했어. 경호원들을 불러 흉수를 찾게 했지만
어디서 어떻게 공격했는지조차 알 수 없었네. 그리고 미스
터 팍은 그때 내 곁에 있었다네. 더 궁금한 게 있는가?"

[미스터 팍을 바꿔 주게. 그와 대화를 해 봐야겠네.]

체스터 브로만 회장이 스마트폰을 건넸다.

건형이 전화를 받았다.

노먼 커널트는 반가워할 기색도 없이 곧장 입을 열었다.

[미스터 팍. 이건 대단히 중요한 일임을 알았으면 하네.
스티븐은 우리 르네상스의 명예 회원 중 한 명으로 그는 세
계적인 석학이기에 앞서 윌리엄스 가문의 적장자일세. 윌
리엄스 가문은 잉글랜드의 대공가문으로 왕실의 가문이기
도 하지. 이 일이 누군가가 꾸민 것이라면 왕가에서 직접
움직일 테고 그 말인즉슨 여왕 폐하께서도 수단과 방법을
가리지 않고 흉수를 찾으려 할 수 있다는 이야기네. 그러니
까 이야기해 주게. 흉수가 누구인가?]

"저 역시 아직까지는 파악하지 못했습니다."

[아직까지라고 한다면 파악할 수 있다는 이야기인가?]

"가능할 수도 있습니다."

[흉수를 파악하는 즉시 우리에게 연락을 취해 주게. 만약 이 일이 일루미나티와 관련이 있다면 우리는 그들과 전쟁을 벌이는 한이 있더라도 끝장을 볼 것이네. 그리고 자네가 부디 그들의 편에 서질 않길 바라겠네.]

건형은 통화를 종료하고 난 뒤 체스터 브로만에게 건넸다. 그리고 입을 열었다.

"저는 당분간 의식을 집중해야 합니다. 제가 가만히 있더라도 회장님께서는 저를 내버려 두셔야 합니다. 병원에 도착하시면 문을 잠그고 전부 다 내리시면 됩니다. 저는 흉수가 누구인지 추적해 보도록 하겠습니다."

그 말에 체스터 브로만 회장이 고개를 끄덕였다.

지금 건형이 무슨 이야기를 하는 것인지는 모르겠지만 일단 그가 방법이 있다고 하니 그것을 존중해 줄 생각이었다.

그렇게 건형은 완전기억능력을 극한으로 끌어 올리기 시작했다.

완전기억능력을 극한으로 끌어 올린 건형은 스스로 무념무상의 세계에 빠져들었다.

그와 함께 건형은 완전기억능력을 바탕으로 아까 전 태원 빌딩 로비에서 있었던 일을 재구성해 보기 시작했다.

로비는 똑같았다.

여직원은 드나드는 사람들을 향해 인사를 하고 있었고 자신을 포함한 네 명, 그리고 경호원들은 엘리베이터에서 내리고 있었다.

그렇게 그들이 경호원들의 삼엄한 경호 아래 엘리베이터를 지나 복도를 통해 로비로 빠져나오려 했을 때였다.

로비에서 정신나간 사람이 난동을 피워대기 시작했다. 그러면서 경호원들이 부산스럽게 움직였고 소란이 일어나면서 주의가 흐려졌다.

그 순간 갑자기 두 사람이 쓰러졌다.

먼저 쓰러진 건 스티븐 윌리엄스였다.

그는 심장을 잡아 뜯으며 쓰러지고 있었고 체스터 브로만 회장이 그를 부축하려 하는 중이었다. 그리고 스티븐 윌리엄스가 쓰러질 무렵 정용후 회장도 뒤늦게 쓰러지고 있었다. 정지수가 다급히 정용후 회장에게 달려가고 그 순간 시간이 멈췄다.

건형은 굳어 버린 시간 속에서 사건을 꼼꼼히 들여다보기 시작했다.

그의 시야가 보이는 범위 안에서 건형은 모든 걸 확인할 수 있었다.

그러나 어디에도 흥수는 보이지 않았다.

그렇다는 건 뒤에서 누군가가 그들을 암습했다는 이야기가 된다.

경호원들이 우왕좌왕하고 있을 때 누군가 그들을 뚫고 두 사람을 암습한 것이다.

그때 건형은 조금 더 완전기억능력을 극도로 끌어 올렸다.

그 순간 보이지 않던 뒤쪽의 시야까지 서서히 들어오기 시작했다.

그의 무의식적인 공간이 볼 수는 없지만 느끼고 있었던 것들을 투영해 낸 것이다.

그리고 건형은 뒤쪽에서 정말 눈으로 찾을 수 없을 만큼 가느다란 암기 같은 것이 날아오고 있는 걸 잡아낼 수 있었다.

건형은 암기의 각도를 계산했다.

그리고 그는 뜻밖의 암기를 날린 위치가 생각 외의 곳이라는 점을 확인하고 당황할 수밖에 없었다.

암기를 던진 건 다름 아닌 프론트에 있는 여직원들이었다.

프론트에 앉아서 사람들이 왕래하는 걸 확인하고 인사를

건네는 그녀들이 암기를 각각 하나씩 던진 것이었다.

물론 아직 백 퍼센트 확실한 건 아니었다.

둘 중 한 명이 던진 것일 수도 있었다.

그러나 프론트에서 던진 것임은 분명했다.

'도대체 그 사람들이 왜…….'

건형은 그들을 뒷조사해야 할 필요가 있다고 느꼈다.

그리고 그는 곧장 무념무상의 세계에서 빠져나왔다.

주변을 둘러봤을 때 건형은 자신이 리무진 안에 여전히 앉아 있다는 걸 깨달았다. 그 옆에는 아무도 없었다.

스마트폰을 확인해 보니 아까 태원 그룹 빌딩에서 출발한 지 한 시간이 훌쩍 지난 뒤였다.

부재중 전화도 여러 통 쌓여 있었다. 지현에게서 온 것과 지수에게서 온 것 그리고 지혁에게서 온 것들이었다.

'그러고 보면 셋 다 이름에 지가 들어가네.'

건형은 우선 지혁에게 전화를 걸었다.

"형, 조사해 줘야 할 게 있어요."

[조사해 줄 게 있다고? 그보다 어떻게 된 거야? 정 회장님이 의식불명이라며?]

"태원 빌딩에서 암습을 당했는데 아무래도 강해찬 국회의원, 그쪽 짓인 거 같아요."

[그러면 닥터 윌리엄스를 공격할 이유가 없잖아. 차라리 너를 노리는 게 맞지 않을까?]

"저도 그게 조금 궁금하긴 한데 일단 오늘 프론트에서 일했던 여직원 두 명, 그들의 뒤를 캐 줬으면 해요. 가능하겠어요?"

[물론이지. 드디어 아르고스의 진짜 능력을 시험해볼 시기가 왔군.]

지혁이 의기양양한 목소리로 대답했다.

아르고스의 진짜 능력을 확인해 볼 시간이 찾아왔다.

그렇게 통화를 끝낸 뒤 건형은 곧장 병원으로 발걸음을 옮겼다.

정용후 회장과 닥터 윌리엄스.

그들을 만나 봐야 했다.

건형은 병원에 들어가기 전 지현에게 전화를 걸었다.

지현 역시 건형을 무척이나 걱정하고 있었다.

[오빠, 괜찮은 거예요? 지금 난리도 아니에요.]

건형도 전화를 걸기 전 잠깐 인터넷에 들어가서 확인을 했다.

이미 검색어 1위부터 10위까지를 태원 그룹 빌딩 사옥에서 일어난, 테러 사건으로 도배되어 있었다.

　대한민국뿐만 아니라 중국, 일본 등 동북아시아와 미국, 유럽 등 이번 사건으로 인해 난리가 아니었다.

　도대체 누가 스티븐 윌리엄스 박사를 살해했으며 정용후 회장을 의식불명으로 만든 것인지 검경찰의 합동 조사가 벌써부터 신속하게 이루어지고 있었다.

　이것은 자칫 잘못하면 외교적인 문제로 번질 수도 있는 사안이었다.

　스티븐 윌리엄스가 대영제국 윌리엄스 대공가의 적장자이고 영국 여왕의 친척이라서 그런 것이기도 했다.

　영국이 움직이면 미국이 움직이고 미국이 움직이면 전 세계가 움직이게 되어 있었다.

　윌리엄스 대공가문을 지키고 있는 비밀 호위들은 이미 자신의 목숨을 버려서라도 흉수를 찾겠다고 벼르는 중이었다.

　어쨌든 그 일 때문에 지현도 크게 놀란 게 사실이었다.

　하필이면 건형이 가는 곳마다 사건 사고가 비일비재하게 터지고 있으니 그녀가 심려스러워할 수밖에 없었다.

　왠지 건형이 사건 사고를 몰고 다니는 불운의 신처럼 생각될 때도 종종 있었기 때문이다.

　"별일 없어. 걱정하지 않아도 돼."

[진짜 괜찮은 거 맞아요?]

"그렇다니까 그러네. 일단 나 병원 들어가 봐야 하니까 나중에 전화할게."

[알았어요. 오빠, 몸조심하세요.]

무뚝뚝해 보일 수도 있지만 누구보다 자신을 걱정하고 또 염려해 주는 지현의 목소리를 들으며 건형은 병원 안으로 발걸음을 옮겼다.

우선 그가 먼저 향한 곳은 정용후 회장이 누워 있는 VVIP룸이었다.

철통 같은 경호가 이루어지고 있는 VVIP룸에 도착한 건형은 지수 뒤를 쫓아 방 안에 들어설 수 있었다.

정용후 회장은 현재 의식불명 상태였다.

언제 의식을 회복할지 알 수 없는 상태.

지수는 걱정 어린 얼굴로 할아버지를 바라보고 있었다.

여전히 태원 그룹의 중추는 정용후 회장이다.

정용후 회장이라는 거목이 쓰러지게 된다면?

태원 그룹의 미래는 어두컴컴해지는 것이나 다름없다.

특히 그동안 건형이 태원 그룹을 준비해 둔 모든 노력이 허사가 되어 버린다.

현재 태원 그룹의 회장은 정용후다.

그리고 태원 그룹의 전 사장으로 정인호가 있다.

현재 정인호가 쥐고 있는 지분은 만만치 않다.

정지수의 자리를 위협하고도 남을 만하다.

게다가 정인호 곁에는 정찬수 부회장을 비롯한 정용후 회장의 반대파 세력이 한가득하다.

정용후 회장은 조금 더 오래 살아야 한다. 그래서 정지수에게 안전한 울타리를 만들어 줘야 할 의무가 있다.

그렇게 해야 정지수가 온전한 태원 그룹을 물려받을 수 있다. 그리고 차세대 에너지 기술을 완성시키고 태원 그룹이 한 번 더 도약할 기틀을 다질 수 있게 될 것이다.

그러나 지금 정용후 회장이 무너져 버리면 그 모든 것들이 허사가 될 수도 있다.

건형으로서는 어떻게든 정용후 회장을 살려 내야 했다.

아까 전 독성 대부분을 밀어내긴 했다.

그 덕분에 정용후 회장의 몸 상태는 멀쩡한 편이었다.

그러나 독성이 퍼진 탓에 뇌까지 퍼진 독성 일부를 조금 늦게 제거할 수밖에 없었고 그것으로 인해 정용후 회장은 의식불명 상태가 되고 말았다.

결국 지금 당장 필요한 건 뇌에 드리워진 이 독성을 제거하는 것이었다.

완전기억능력이라면 충분히 가능할 터였다.

그 전에 허락을 받을 필요가 있었다.

"정 팀장님. 지금 정 팀장님한테 허락을 받아야 할 게 하나 있습니다."

"도대체 그게 뭐죠? 말씀하세요."

"저는 지금 정 회장님의 몸에 손을 댈 생각입니다. 제가 끝났다고 하기 전까지는 어떠한 의료진도 이 안에 들여보내지 말아 주세요. 가능하겠습니까?"

정지수가 건형을 쳐다봤다.

도대체 그는 무슨 생각을 하고 있는 것일까?

이곳 대학 병원 의료진들이 총출동했다.

개중에는 세계적으로 유명한 박사들도 더러 있었다.

그들은 삼삼오오 모여서 정용후 회장의 몸 상태를 확인했다.

그리고 그들은 뇌 손상이 우려된다면서 언제 깨어날지 확답을 줄 수 없다는 이야기만 늘어놓고 있었다.

결국 이런 상황에서 지수가 믿을 수 있는 건 건형뿐이었다.

"알겠어요. 그렇게 할게요. 그 대신 할아버지를……꼭 살려 내줘요."

"걱정하지 않아도 될 겁니다."

그리고 건형은 부드럽게 집도를 시작했다.

방법은 간단했다.

정용후 회장의 머릿속에 자리 잡고 있는 독소.

이것들을 빼내는 것들이었다.

쉬운 일은 아닐 듯했다.

그러나 뇌에 대해 누구보다 잘 알고 있는 게 건형이다.

건형은 자신을 믿었다.

그리고 정용후 회장의 머리 위에 손을 올렸다.

그와 함께 그가 만들어 낸 기운이 정용후 회장을 부드럽게 감싸는가 싶더니 서서히 독소를 빼내기 시작했다.

한편 정지수는 바깥에서 다른 의료진들이 들어오는 걸 막고 있었다.

국내 최고의 병원이라 평가받는 서울대학 병원의 교수들은 이런 정지수의 태도에 고개를 갸웃거릴 수밖에 없었다.

"아니, 지금 빨리 들어가서 확인을 해 봐야 합니다."

"이러다가 더 위험해지실 수도 있어요."

"조금만 기다려 주세요. 그럴 만한 이유가 있습니다."

"허, 거참."

그때였다.

저 뒤로 낯익은 얼굴이 보였다.

그리고 그 사람이 가까이 다가왔을 때 지수가 입술을 깨물었다.

정인호 사장 그리고 정찬수 부회장.

그들이 이곳에 나타났다.

그들은 병실 문을 막고 있는 지수를 쳐다보며 호통을 쳤다.

"여기서 뭐 하는 것이냐! 형님께서 위급하다고 들었다. 자리를 비켜라."

"너는 그만 비켜다오. 아버지를 만나러 왔다."

두 사람 입가에는 가느다란 미소가 얽혀 있었다.

그것을 보며 지수는 이들이 범인인 게 아닐까 하는 의심을 거둘 수가 없었다.

결국 그녀가 버티는 것도 한계가 있었다.

정인호, 정찬수 그리고 서울대학 병원 교수들이 안으로 발걸음을 옮겼다.

그리고 그때였다.

"고얀 녀석! 네가 무슨 낯짝으로 여길 와!"

놀랍게도 정용후 회장은 깨어 있었다.

정인호가 눈을 휘둥그레 떴다.

'이, 이게 무슨 말도 안 되는 소리란 말인가. 분명 그 독은 사람 백 명을 순식간에 죽일 수 있다고 들었는데…….'

정용후 회장을 암살하려 했던 건 정인호와 정찬수였다.

정용후 회장이 태원 그룹에 계속 버티고 있는 한 자신에게 아무것도 돌아오지 않을 것이라고 깨달은 두 사람은 정용후 회장을 비명횡사시키기로 마음먹었다.

그것에는 아직 정용후 회장이 유서를 남기지 않았던 탓도 있었다.

유서가 없으면 기존 법대로 상속이 이루어지고 정인호에게 가장 큰 지분이 돌아오게 되어 있었다.

여하튼 그런 상황에서 정용후 회장을 죽인다면?

정인호가 태원 그룹을 차지할 수 있을 테고 정찬수 부회장도 다시 복귀할 수 있게 될 터였다.

두 사람이 바라는 게 바로 그것이었다.

그때 장형철이 두 사람에게 끔찍한 독을 건넸다. 그리고 그들은 몰래 사람을 구했다. 여자이면서 암습에 능한, 그런 전문가들을.

그때 일루미나티가 움직였다.

일루미나티는 건형을 믿지 않고 있었다.

그랜드 마스터.

그는 건형을 견제해야 한다고 생각 중이었다.

그리고 그것의 꼬리를 밟히지 않을 수만 있다면 어떤 식으로든 움직일 생각을 하고 있었다.

일루미나티는 정인호 사장에게 은밀히 몇몇 사람을 연결시켜 줬다.

이번 일을 아무 문제 없이 성공시킬 수 있는 전문가 두 명이었다.

그 후 두 명은 프론트 앞의 여직원으로 임시 근무를 하게 됐고 이번에 암습을 성공시킨 것이었다.

문제는 스티븐 윌리엄스 박사는 즉사했지만 정용후 회장은 살아남았고 건형이 그를 구해 냈다는 점이었다.

"당장 나가지 못해! 너희 둘 다 보고 싶은 마음은 추호도 없다! 여기가 어디라고 이곳까지 찾아온 게냐!"

정용후 회장이 버럭 소리를 질렀다.

정인호와 정찬수는 꼬리에 불 달린 망아지처럼 서둘러 서울대학 병원을 빠져나갈 수밖에 없었다.

한편 의료진들도 놀랍다는 얼굴로 정용후 회장을 바라볼 수밖에 없었다.

분명 며칠 정도 의식불명 상태에 있어야 할 환자였다.

아니, 어쩌면 영영 깨어날 수 없을지도 몰랐다.

그런데 그 환자가 이렇게 버젓이 깨어나 있었다.

게다가 정신은 그 어느 때보다 더 또렷한 듯했다.

놀라운 일이었다.

그것이 가능한 건 건형 때문이었다.

건형이 그의 뇌에 뿌려져 있던 독소들을 거두면서 완전기억능력이 정용후 회장에게 영향을 미쳤다. 덕분에 정용후 회장은 완전기억능력의 영향을 받아 평소보다 두뇌 회전이 더 빨라진 데다가 기억력도 크게 좋아진 상태였다.

전화위복이라고 해야 할까?

정용후 회장 입장에서는 행운이 뒤따른 셈이었다.

어쨌든 정용후 회장은 깨어난 뒤 아무래도 유서를 작성해야 할 필요가 있다고 여겼다.

오늘처럼 이런 끔찍한 일이 또 일어나지 않는다고 단정 지을 수 없기 때문이다.

그는 옆에 서 있는 건형에게 고마움을 표했다.

"고맙네. 자네 덕분에 목숨을 건졌군."

"아닙니다, 회장님. 닥터 윌리엄스도 구하지 못한 게 안타까울 뿐이죠."

"그, 그게 무슨 말인가?"

"닥터 윌리엄스는 죽었습니다. 회장님과 비슷한 성분의 독을 맞은 거 같은데 혈관에 엄청 빠르게 퍼졌던 모양입니다."

"……빌어먹을. 홍수가 누군지는 알겠나?"

"지혁 형이 찾고 있습니다. 곧 찾아낼 겁니다. 이미 심증이 가는 사람이 있긴 합니다만…….."

"알았네. 지수는 어디에 있나?"

"바깥에 있을 겁니다. 제가 당분간 아무도 들어오지 못하게 해 달라고 했더니…….."

"그러면 자네는 윌리엄스 박사한테 가 보게. 브로만 회장님도 자네를 기다리고 있을 것이네."

"예. 몸조심하시길 바랍니다."

건형은 정용후 회장실을 나왔다. 그리고 그가 향한 곳은 영안실이었다. 영안실 앞에서 체스터 브로만 회장은 멍한 얼굴로 앉아 있었다.

"브로만 회장님, 괜찮으십니까?"

"괜찮을 리가 있겠나. 미스터 정은 어떻다던가?"

"정용후 회장님은 무사하십니다. 방금 전 깨어나셨고요."

"자네가 미스터 정을 살렸군."

"닥터 윌리엄스도 살릴 수 있었으면 좋았겠지만…….."

"알고 있네. 이미 늦었다는 걸 말이야."

"송구합니다."

"지금 이곳으로 노먼이 오고 있네. 그리고 여왕 폐하의 특사도 오고 있는 중이야. 흉수가 밝혀진다면 그 즉시 피의 복수를 할 것이네."

"그래야겠죠. 당연한 것입니다. 그보다 그 광견병 걸린 사람은 어떻게 됐습니까?"

"우리 측 경호원들이 구금을 해뒀네. 그런데 무언가 정보를 알아낼 수 있을 거 같진 않더군. 간략하게 알아봤는데 정신병원에서 탈출하고 이곳을 떠돌아다녔던 모양이야. 후."

건형도 한숨을 길게 내쉬었다. 그래도 노먼 커널트가 온다니 그와 이야기를 나눠봐야 할 듯했다.

원래 런던에 가서 노먼을 만나 볼 생각이었는데 그게 앞당겨질 듯했다.

그에게 르네상스—로얄 클럽 그리고 자신 이렇게 3인 연합을 주장할 생각이었으니까.

어쨌든 점점 더 피바람이 불어오고 있었다.

그와 함께 전쟁의 불씨도 점점 커져 가는 중이었다.

일루미나티.

그들이 본격적으로 야욕을 드러내기 시작하면서.

Chapter. 05

듣기로 그들은 영국의 여왕 폐하가 타고 다니는 전용기로
직접 이곳까지 오고 있다고 했다.

폭풍이 불어올 조짐이 뻔히 보이고 있었다.

건형은 생각을 정리했다.

우선 광견병에 걸린 것처럼 난동을 피우던 사내.

품 안에서 식칼이 발견됐던 그 사내는 정신병동에 다시
입원이 되었다.

식칼을 품 안에 소지하고 있었지만 그것을 직접 휘두른
것도 아니었다.

그렇다보니 현재 그는 정신병동에 수감된 채 경찰이 조사를 하고 있었다.

다만 그의 정신 상태가 이상하다 보니 수사에 어려움이 있는 모양이었다.

하지만 건형은 그가 이번 일의 흉수가 아니라는 걸 알 수 있었다.

그는 단순한 시선 끌기용 소모품일 뿐이었다.

결국 흉수는 독살을 하려 했던 프론트에 있던 그 여직원 두 명일 테고 누군가 뒤에서 그들을 조종하고 있는 게 분명했다.

다만 이 점을 확실히 하려면 그 증거를 찾아야 했다.

"브로만 회장님, 저는 그럼 내일 오겠습니다."

"조심히 들어가게. 대한민국은 안전한 나라인 줄 알았더니 그렇지도 않은 모양이야."

"걱정해 주셔서 감사합니다. 그리고 유감입니다."

"휴, 프로토 타입이 완성된 이후라서 다행일 뿐이네. 그리고 우리는 윌리엄스 박사와 약속한 대로 사회적 공의(公義)를 위해 이 기술을 사용하도록 할 것이네."

"닥터 윌리엄스가 기뻐할 겁니다."

"자네가 그렇게 말해 주니 고맙군."

체스터 브로만 회장의 어깨는 무척 처져 있었다.

르네상스의 거두가 죽었다.

세계 학회를 움직이는 그야말로 대학자 중의 대학자다.

건형은 병원을 나왔다. 그리고 스마트폰으로 관련 기사를 검색했다.

대한민국뿐만 아니라 전 세계가 난리가 나 있었다.

그럴 수밖에 없었다.

노벨 물리학상 수상에 빛나는 세계 최고의 대학자 중 한 명이 사망했다.

자연사도 아니었다.

독살.

누군가가 그를 암살했다.

그것도 치안이 안정되어 있다고 평가받는 대한민국에서 말이다.

대한민국 국민들은 상황을 전해 듣고 어떻게 그런 비극적인 일이 일어났는지 애도하고 있었으며 외국에서는 다시 한번 대한민국이 휴전국이라는 게 알려지면서 관광을 가도 되는지 그 점에 대해 갑론을박이 벌어지고 있었다.

애널리스트들은 당장 내일이 두려웠다.

주식 시장이 난리 날 게 분명하다는 것을 뻔히 느낄 수 있어서였다. 이미 서킷 브레이커는 예상 가능한 상황이었고 얼마나 폭락할지 그것을 다들 두려워하고 있었다.

그렇게 스티븐 윌리엄스 박사의 죽음이 기폭제가 되어 전 세계를 떨쳐 울리고 있었다.

건형은 스마트폰을 닫았다.

한숨이 저절로 나왔다.

원하지 않는 분위기로 국면이 흘러가고 있었다.

그때 지혁에게 연락이 왔다.

건형이 다급히 전화를 받아서 물었다.

"형, 어떻게 됐어요? 확인해 봤어요?"

[이 두 사람, 전문가야. 정말 은밀하게 움직였어. 누구도 알아낼 수 없었을 거야. 게다가 로비가 소란스러웠다면서? 노린 게 확실해.]

"그 태원 그룹 CCTV는 확보했어요?"

[다행히 로비에 CCTV가 있었어. 각도도 괜찮았고. 정말 미세하긴 하지만 프레임을 잘게 짤라서 해 보니까 어렴풋이 볼 순 있더라고. 이 정도면 증거로 옭아매기엔 충분할 거야.]

"두 사람은 현재 어디에 있어요?"

[확인 중이야. 아르고스가 계속해서 찾고 있는데 종적이 묘연해. 찾아내는 대로 연락할게. 어떻게 하려고 그래?]

"어떻게 하긴요. 제가 잡아내야죠."

[그런데 만약 일루미나티에서 보낸 게 아니라면? 네가 그때 그랬잖아. 로얄 클럽에서 키우는 게 어쌔신이라고 말이야.]

"……."

생각해 보면 차세대 에너지 기술로 피해를 입는 건 미국만이 아니다.

어떻게 보면 중동 지역 국가들이 더 큰 피해를 받을 수밖에 없다. 그리고 중동 지역의 국가들은 하나의 단체에 소속되어 있다.

사우디아라비아도 그 단체 소속이다.

호주의 골드코스트에서 만났던 알 왈리드 왕자가 바로 로얄 클럽의 회원이었다.

로얄 클럽.

그들에게도 동기는 충분히 있다.

특히 그들이 양성 중인 게 어쌔신인 걸 감안할 때 가능성이 더 크다고 볼 수 있다.

문제는 그게 사실일 경우 그것이 가져올 여파다.

그렇게 되면 건형이 생각 중인 르네상스—로얄 클럽 연합은 물거품이 되어 버린다.

로얄 클럽의 어쌔신이 르네상스의 회원을 죽인 셈이니까.

'부디 그런 일은 없어야 할 텐데……'

그러는 동안 건형은 집 앞에 도착했다.

왠지 모르게 오랜만에 집에 오는 것 같았다.

집 안에서는 지현이 건형을 기다리고 있었다.

그녀는 건형이 들어오자마자 달려가서 안겼다.

꼭 끌어안는 지현에게서 따뜻한 마음 씀씀이가 느껴졌다.

그동안 쌓였던 피로들이 한순간에 풀리는 그런 느낌이었다.

"어디 다친 데는 없죠?"

"응, 걱정하지 않아도 돼. 내 몸은 쌩쌩해."

"도대체……어떻게 된 거예요? 회장님이 습격당했다는 기사는 봤어요. 스티븐 윌리엄스 박사님은 돌아가셨다고 들었고……"

"흉수가 있었어. 누군지 확답을 내릴 수는 없지만 어쨌든 그 흉수가 윌리엄스 박사님을 살해했어. 후, 내가 막았어야 했는데 그러질 못했어."

"자책하지 마요. 오빠가 신은 아니잖아요. 막을 수 있는 것도 있고 막을 수 없는 것도 있는 법이에요."

"그렇게 말해 줘서 고마워. 휴, 너는 뭐 하고 있었어?"

"그냥 회사 가서 작곡하면서 노래 연습도 하고 있어요.

신곡을 당장 낼 건 아니지만 그래도 준비해야 할 필요는 있을 거 같아서요."

"그래. 잘 생각했어. 괜찮지. 아, 그리고 혹시 무슨 위험한 일이 생길 거 같으면 그 즉시 나한테 연락을 해야 하는 거 잊지 말고."

"걱정하지 마요. 안 잊어먹고 있으니까."

어차피 그녀가 연락을 하기 전에 건형이 그것을 알아차릴 수 있을 것이다.

건형은 아르고스를 통해 자신의 최측근을 한 명도 빠짐없이 보호하고 있기 때문이다.

그 덕분에 그들의 일거수일투족을 파악하는 게 가능했다.

만약 그들에게 무슨 문제가 생긴다면 지혁이 알려 줄 테고 그러면 건형은 그곳으로 곧장 움직이면 그만이었다.

완전기억능력 때문에 활성화된 그의 신체 능력은 이미 인간을 초월하고 있었기 때문이다.

"오늘은 일찍 잘게. 조금 쉬어야겠어."

"그렇게 해요."

"내일 닥터 커널트가 오기로 했어."

"닥터 커널트요?"

"응. 르네상스 사람이야. 스티븐 윌리엄스의 동료이고 세계에서 저명한 물리학자이기도 하지.”

“윌리엄스 박사님이 이번에 죽은 거 때문에 그런 거군요. 조사 차원에서 오려는 걸까요?”

“그럴 가능성이 높지. 아무도 흉수가 누군지 밝혀내지 못했으니까.”

“의심이 가는 사람은 있는 거예요?”

“있긴 있어. 지혁 형이 지금 조사 중이야. 확실하진 않지만 가능성은 높아 보여. 문제는 자백시켜야 한다는 건데 그게 가능할지 걱정이야.”

“휴, 기운 내요. 오빠.”

“그래.”

이튿날 먼저 회사로 출근하는 지현을 보내고 건형은 다시 병원으로 향했다.

체스터 브로만 회장도 호텔에서 일어나 병원으로 나오고 있었다.

한편 병원에는 적지 않은 수의 기자들이 득실거리고 있었다.

그들 모두 특종 냄새를 맡고 이곳으로 몰려들었던 것이다.

그럴 수밖에 없었다.

이번 일은 그만큼 중요하게 취급되고 있었다.

스티븐 윌리엄스.

그가 갖고 있는 중요성 때문이었다.

현재 그는 BP 그룹과 태원 그룹을 묶어 주는 연결고리 같은 존재였다.

그런데 그가 죽었다.

차세대 에너지 문제에 무슨 차질이 빚어질 수도 있는 일이었다.

웅성거리면서 몰려 있는 기자들 사이에서 이런저런 이야기들이 흘러나왔다.

그들 모두 정보를 먹고 사는 사람들이고 곳곳에서 온갖 소스를 취합하곤 한다.

당연히 기자들끼리도 서로 정보를 주고받는다.

"이번에 정인호 사장하고 정찬수 부회장이 정용후 회장 만나러 갔다고 하더라고."

"정 회장을? 의식불명 아니었어?"

"그러니까. 만약 정용후 회장이 죽으면 정인호 사장이 상속자가 되잖아. 그 팀장은 손녀라서 안 될 테고. 그러면 BP 그룹과의 계약이 깨질 수도 있다는 거야. 왜냐하면 정인호 사장하고 그 박건형하고 사이가 안 좋잖아."

"아, 정인호 사장이 후계자가 되면 관련 기술을 전부 다 파기할 수 있다는 거군."

"그래. 사실 그 차세대 에너지 원천 기술 제공자는 박건형이잖아. 태원 그룹은 중매한 것뿐이고. 뭐, 박건형이고 그가 갖는 차세대 에너지 기술이 소문대로만 나와 주면 어느 대기업이라도 군침을 흘릴걸? 아니, 각별히 관망하고 있을지도 모르지. 삼왕 그룹 회장이 박건형 데려오려고 안달이 났다잖아."

"흠, 꽤 유명하긴 했지. 어쨌든 어떻게 됐든 간에 태원 그룹이 골치 아파진 건 사실이네."

"그래, 지금 태원 그룹이 빅3까지 올라올 수 있었던 건 순전히 박건형이 제공한 차세대 에너지 기술 때문이니까. 그것 때문에 BP 그룹이 전략 제휴를 해 온 거지 만약 그게 아니었으면 애초에 그렇게 하지도 않았을 거야."

그 말 그대로였다.

다들 이 일을 기사에 실어야 할지 말지 고민하는 사이 병원 앞이 시끌벅적해지기 시작했다.

"체스터 브로만 회장이다!"

"박건형도 함께 온다!"

이미 기자들이 인산인해를 이루고 있었다.

나머지 기자들도 다급히 그 대열에 합류했다.

건형은 기자들을 뒤로한 채 병원 안으로 발걸음을 옮겼다.

"오늘 오신다고 합니까?"

"아마 그럴 것이네. 중국 영공을 지났다고 하니 곧 도착할 거야."

"그렇군요. 도착하는 대로 연락 부탁드리겠습니다."

"알겠네. 정 회장을 잘 돌 봐주게. 암수가 또 그를 노릴지도 몰라. 나도 태원 그룹과 틀어지는 건 원치 않는 일이거든. 이미 프로토 타입이 완성된 상태에서 그러기는 더욱더 꺼려지는군."

"예. 알겠습니다. 명심해 두도록 하겠습니다."

"그럼 나는 영안실로 가 보겠네."

BP 그룹을 이끄는 회장이다.

체스터 브로만도 처리해야 할 일들이 수북하게 쌓여 있었다.

그러나 지금 그는 그 어떤 일도 눈여겨보고 있지 않았다.

오로지 그가 신경 쓰고 있는 건 하나.

스티븐 윌리엄스.

그의 죽음을 애도하는 것뿐이었다.

기자들이 하나둘 돌아가기 시작했다.

남은 기자들은 몇 되지 않았다.

병원 안은 이미 철통같이 경호되고 있었다.

아침 일찍 개장한 주식 시장은 곤두박질치고 있었다.

아래로 쭉쭉, 인정사정없이 떨어지고 있었고 태원 그룹의 주가도 폭락한 지 오래였다.

태원 그룹의 몇몇 주주들은 손을 털어야겠다고 생각했는지 계속해서 매도를 하고 있었다.

시장이 돌아가는 분위기가 그만큼 살벌했다.

그 때문에 대통령이 직접 명령을 내려서 병원을 지키게 했다.

대한민국에서 테러가 발생했고 그 테러로 세계적인 학자 스티븐 윌리엄스 박사가 사망했다, 라는 건 이미 전 세계에 다 퍼진 뒤였다.

대한민국의 치안이 안정되지 않았다는 뜻이었고 그로 인해 대한민국으로 관광을 오기로 했던 여행객들의 발걸음이 갑자기 뚝 끊긴 상태였다.

속절없이 취소가 밀려들면서 여행사들은 파산을 걱정해야 할 정도로 울상을 짓고 있었다.

그러던 와중에 병원 앞에 근사한 리무진이 도착했다.

한눈에 봐도 값비싸 보이는 리무진이었다.

끝까지 병원 앞에 남아 있던 기자들이 눈을 휘둥그레 떴다.

도대체 누가 온 것일까.

그때 그들이 모습을 드러냈다.

영국 왕립 학회 명예 회원이자 르네상스의 회원인 노벨 물리학상 수상자 노먼 커널트 그리고 여왕이 직접 보낸 특사, 영국 왕실의 웃어른 중 한 명인 버몬트 대공이 직접 이곳을 찾았다.

그리고 그 리무진 뒤로는 국빈급 대우에 맞게 호위 차량이 줄지어 줄을 서고 있었다.

기자들도 노먼 커널트의 얼굴은 알고 있었다.

그의 방문은 기자들에게 있어서 대수롭지 않은 것이었다.

물론 노벨 물리학상 수상자인 만큼 대단히 중요한 사람이긴 했지만 그렇다고 해서 국빈 대우를 받을 만큼 중요한 건 아니었다.

시국이 시국인 만큼 그럴 수도 있긴 하지만 그럴 가능성은 극히 낮다고 봐야 했다.

그런데 지금 호위하고 있는 경찰 병력을 보면 국빈 대우가 분명했다.

'그렇다면 노먼 커널트가 아니라……'

'그 옆에 있는 남자가 국빈이라는 건데.'

'도대체 누구지?'

기자들이 머리를 굴렸다.

그렇지만 딱히 생각나는 이름이 없었다.

어디서 많이 보긴 했는데 막상 기억해 내려고 하니 떠오르는 이름이 없었다.

그때였다.

기자 한 명이 눈빛을 빛냈다.

그는 다급히 문자를 써서 보도국에 전송했다.

기억이 맞다면 그는 영국의 왕족, 버몬트 대공이 분명했다.

'도대체 버몬트 대공이 무슨 일로 이곳까지……'

버몬트 대공은 여왕의 사촌오빠뻘 되는 귀족 중의 귀족으로 이곳까지 쉽게 발걸음을 할 사람이 아니었다.

그는 영국 여왕에 버금가는 발언권과 영국 수상 못지않은 정치력 그리고 재력을 가진 가장 권위 있는 귀족 중 한 명이었다.

그럼에도 불구하고 노블리스 오블리주를 누구보다 가장 잘 실천하는 인물로 청렴하기 이를 데 없어서 국민들의 지지도 높았다.

여왕 사후 차기 영국 국왕에 그를 올리자는 말도 심상찮게 나올 정도였으니까.

'버몬트 대공이 닥터 윌리엄스가 독살당한 거 때문에 한국에 온 것이라면…… 이 사안은 외교적인 문제로까지 번질 수도 있겠어.'

그들은 기자들을 뒤로한 채 병원 안으로 들어섰다.

기자들도 살얼음 같은 그 분위기에 제대로 말조차 꺼내지도 못할 정도였으니까.

버몬트 대공은 병원에 들어오자마자 노먼 커널트를 보며 물었다.

"닥터 윌리엄스는 어디에 있는가?"

"예. 대공 저하. 영안실에 안치했다고 브로만 회장이 이야기했었습니다."

"영안실로 가지."

"예. 대공 저하."

버몬트 대공은 날카로운 눈빛으로 노먼 커널트에게 말했다.

노먼 커널트가 고개를 끄덕이며 그 뒤를 바짝 쫓았다.

그때 버몬트 대공이 입을 열었다.

"미스터 팍이라고 했나? 그 청년도 함께 봤으면 좋겠군."

"이 병원에 같이 있다고 들었습니다. 윌리엄스 박사와 같이 있다가 공격당했던 태원의 회장 정을 지키고 있던 모양입니다."

"그래? 그자도 불러 주게나. 서머싯 공작이 그를 그렇게 칭찬하던데 왜 그런지 직접 만나 봐야겠어."

"예, 알겠습니다."

버몬트 대공은 곧장 영안실로 향했다.

그러는 사이 노먼 커널트는 건형에게 연락을 취했다.

버몬트 대공.

그가 입국했고 이곳에 도착했다는 사실을 알려야 했다.

건형은 버몬트 대공이 입국했다는 것을 진즉에 알고 있었다.

지혁이 이미 그에게 알려 왔기 때문이다.

지혁은 영국에서 이번 일을 주의 깊게 지켜보고 있음을 알리며 그 특사로 버몬트 대공을 보냈다고 즉각적으로 알려 왔다.

그 이후 건형은 버몬트 대공을 만나서 어떻게 해야 할지 준비 중에 있었다.

버몬트 대공은 실질적인 왕당파의 수장이자 르네상스의

실권자 중 한 명이다.

물론 르네상스를 총괄하고 있는 건 서머싯 공작이지만 버몬트 대공은 여왕과 더불어 르네상스를 관리하고 책임지는 역할에 있다.

르네상스, 로얄 클럽을 하나로 뭉치려면 버몬트 대공, 그의 힘을 빌릴 필요가 있었다.

그때 노먼 커널트에게 연락이 왔다.

노먼 커널트는 버몬트 대공이 직접 건형을 보길 원한다며 연락을 해 왔고 건형은 그를 만나기 위해 자리를 옮겼다.

정용후 회장이 그런 건형에게 물었다.

"중요한 사람이 온 모양이군. 맞나?"

"예. 그렇습니다. 버몬트 대공이 직접 왔더군요."

"버몬트 대공이라…… 윌리엄스 박사가 그만큼 중요한 인물이었다는 의미군. 휴, 정말 안타까운 일이야. 그렇게 위대한 과학자가 비명횡사를 할 줄이야."

"이미 지난 일입니다. 어쩔 수 없는 일이기도 하고요. 중요한 건 흉수를 찾아내서 죄를 묻는 일이겠죠. 그리고 흉수는 어느 정도 찾은 상황입니다."

건형은 이미 지혁에게 부탁해서 흉수에 관한 단서를 모두 수집 중에 있었다. 그리고 꼬리가 길어서 그런 것인지는 모르겠지만 관련 정보를 속속 모아들이는 중이었다.

개중에는 장형철이나 강해찬에게 치명타를 입힐 만한 자료도 충분히 모여 있었다.

조만간 관련 자료를 공개할 예정이었는데 버몬트 대공이 왔다면 그의 도움을 받아서 이 일을 외교적인 문제로 발전시키면 더 쉽게 해결될 수 있을지도 몰랐다.

"어쨌든 다녀오겠습니다."

"다친 덕분에 자네를 자주 볼 수 있게 돼서 마음에 드는군."

"그런 말씀을 하지 마십시오. 정 실장님이 대단히 싫어할 겁니다."

"하하, 걱정하지 말게. 지수, 그 아이는 자네밖에는 안 보이는 모양이야. 나는 언제든 기다릴 마음이 있으니 잘 생각하게."

"올해 지현이와 결혼할 생각입니다, 회장님."

"껄껄, 무슨 결혼을 그리 서두르나. 조금 더 깊이 생각해서 결정하게."

"……일단 가 보겠습니다."

건형은 VVIP룸을 떠나 영안실로 발걸음을 옮겼다.

그리고 그곳에서 건형은 약간 나이가 있는 백인을 만날

수 있었다.

황금빛으로 빛나는 머리카락을 단정하게 자른 그는 하얀색 콧수염이 인상적인 금발 중년인이었다.

그가 바로 영국 여왕의 사촌오빠뻘이 되는, 영국에서도 가장 인기가 많은 버몬트 대공이었다.

왕위 계승권은 없지만 언제나 차기 국왕 후보 1순위로 거론되며 노블리스 오블리주를 직접 실현하는 몇 안 되는 귀족이기도 했다.

"처음 뵙겠습니다. 박건형이라고 합니다. 편하게 불러 주시면 됩니다."

"자네가…… 미스터 팍이군. 반갑네. 제임스라고 하네."

제임스 버몬트.

그가 자신의 이름을 직접 이야기했다는 건 첫 만남부터 건형을 마음에 들어 했다는 의미.

노먼 커널트가 눈을 휘둥그레 떴다.

여태 버몬트 대공이 이렇게 처음부터 누군가에게 호감을 가진 적은 드물기 때문이다.

버몬트 대공은 건형을 바라보며 물었다.

"미스터 팍. 이번 사건의 흉수는 알아냈는가?"

"현재 알아보고 있는 중입니다. 곧 찾아낼 수 있으리라 생각됩니다."

"내가 왜 이 나라에 왔는지 아는가?"

"외교적으로 우위를 갖기 위함이 아닙니까?"

"그래. 스티븐은 우리 대영제국의 자랑스러운 국민으로 우리는 그의 죽음에 대해 합당한 질문을 던질 것이네. 그리고 이게 테러가 맞다면 대한민국은 그 테러가 일어날 때까지 왜 아무것도 하지 못했는지 책임을 물을 생각이네."

"예. 알겠습니다. 범인이 누군지 확인되는 대로 알려드리도록 하겠습니다."

"좋군. 그건 그렇고 차세대 에너지 기술은 어떻게 되어가고 있는가?"

옆에 서 있던 체스터 브로만 회장이 말을 꺼냈다.

"현재 프로토 타입까지는 완성이 된 상태입니다. 닥터 윌리엄스는 프로토 타입의 시연회를 끝마치고 독살당했기 때문에…… 프로토 타입까지는 완성할 수 있었습니다."

"그럼 이제 남은 과정은 무엇인가?"

"그것까지는……."

"이제 남은 건 그 프로토 타입을 상용화할 수 있게 개량하는 것과 어떻게 파느냐는 것이겠죠. 오래 걸리진 않을 겁니다."

"다행이군. BP 그룹에서 정말 중요한 일을 해 줬어."

"별말씀이십니다."

"미국이나 다른 나라에서 채 가기 전에 우리가 먼저 해 냈다는 게 중요하지 않겠나? 그 기술은 분명히 향후 에너지 업계에서 가장 각광받는 기술이 될 테고 우리가 한 단계 더 도약하는 데 커다란 도움을 줄 걸세."

"예, 저도 그렇게 확신하고 있습니다."

그때였다.

지혁에게 연락이 왔다.

건형은 양해를 구하고 지혁의 전화를 받았다.

"진전은 있어요?"

[응. 당연하지. 일루미나티가 배후에 있었다.]

"일루미나티가요?"

[그래. 그들이 먼저 협약을 위반한 거지.]

"……결국 그렇게 되었군요. 어떻게 해야 할까요?"

[버몬트 대공이 왔다며? 르네상스하고 이야기를 나눠 봐. 그리고 일루미나티를 어떻게 견제할지 이야기를 해 봐야지. 거기에 알렉산더 페렐만 교수의 문제도 다뤄야 할 테고.]

"알았어요. 한번 이야기해 볼게요. 증거는 다 수집한 거 죠?"

[당연하지. 필요하면 언제든지 보내마. 그럼 끊는다. 잘해라.]

"네, 형."

이제 슬슬 결정을 지어야 할 때였다.

일루미나티와의 대립.

몇 번이고 그것을 뒤로 미루고자 했지만 더 이상 미룰 수 없게 되었다.

이제는 적자생존, 강한 자가 살아남는 시기까지 내몰린 셈이었다.

그들이 강해찬과 장형철을 뒤에서 조력 중이었다면 건형 입장에서는 그들을 적대시할 수밖에 없었다.

게다가 그들의 비열한 행동으로 스티븐 윌리엄스 박사가 죽고 정용후 회장이 죽기 직전까지 몰렸었다.

반드시 그 대가를 치르게끔 해야 했다.

전화를 끝낸 뒤 버몬트 대공을 만난 건형은 그에게 몇 가지를 이야기했다.

버몬트 대공은 순순히 고개를 끄덕였다.

건형을 전적으로 믿는 듯한 그런 모습이었다.

이후 건형은 노먼 커널트를 따로 만났다.

그와 진지하게 나눠야 할 이야기가 있었다.

우선 노먼 커널트를 설득해야 버몬트 대공이나 서머싯 공작과도 이야기를 나눌 수 있을 터였다.

"노먼 씨."

"말하게."

"로얄 클럽과 르네상스 간의 관계는 어떻습니까?"

"평이하네. 그냥 서로 모른 척하고 있지. 그건 어째서 묻는가? 혹시 이번 홍수로 로얄 클럽을 의심하고 있는 건가?"

로얄 클럽이 양성하고 있는 게 어째신이다 보니 르네상스에서도 그런 생각을 했던 모양이다.

"아닙니다. 저는 이번 일에 일루미나티가 개입했다고 생각 중입니다."

"단순히 생각만으로 그들을 밀어붙일 수는 없네. 명분이 있어야 하는 일이야."

"예. 증거도 이미 모아 두고 있습니다. 어쨌든 르네상스와 로얄 클럽이 척을 지고 있는 게 아니라면 제가 한 가지 제안을 하고 싶습니다."

"제안? 제안이라…… 그 제안이 뭔지 일단 들어 보도록 하지."

"르네상스와 로얄 클럽이 힘을 뭉치는 건 어떻게 생각하십니까?"

"뭐라고? 그게 말이 된다고 생각하나? 그들과 우리는 종교부터 시작해서 모든 게 다르네. 딱 하나 같은 게 있다면 일루미나티에 대한 증오이겠지. 어쨌든 자네의 이번 제안은 듣지 않은 것으로 하겠네."

"저는 일루미나티를 대항할 생각입니다. 그렇지만 르네상스나 로얄 클럽의 전력만으로는 그것이 불가능하다고 생각됩니다. 커널트 씨는 어떻게 생각합니까?"

"그건 자네 말이 맞지. 일루미나티의 세력을 우리가 혼자 견뎌 내는 건 사실 어려운 일이야. 인정하지 않은 사람들도 있겠지만 그들이 전부 다 전쟁을 치르는 것도 아니니까 그것을 알 리 없지."

"그렇군요. 그래서 제가 로얄 클럽과의 연맹을 주장한 겁니다. 그리고 또 하나 위험 요소가 남아 있습니다."

"위험 요소?"

노먼 커널트가 고개를 갸웃거렸다.

그 모습을 보며 건형이 입을 열었다.

"이 시대에는 완전기억능력자가 한 명 더 있습니다."

"그, 그럴 리가?"

"그리고 그는 적지 않은 세력을 규합 중입니다. 일루미나티를 몰아낸다고 해도 더 큰 시련이 찾아올지도 모릅니다.

그렇기 때문에 힘을 하나로 뭉쳐야 합니다."

"도대체 그는 누구인가?"

건형이 차분한 목소리로 대답했다.

"알렉산더 페렐만, 그가 또 다른 완전기억능력자입니다."

노먼 커널트 역시 익히 알고 있는 이름이다.

'알렉산더 페렐만, 그가 완전기억능력자였을 줄이야.'

머릿속이 헝클어졌다.

그러면서 빠른 속도로 세계가 급변하기 시작했다.

전쟁의 계절이 다가오고 있었다.

"완전기억능력자는 한 시대에 단 한 명만 가능할 텐데. 아닌가?"

노먼 커널트가 의아한 얼굴로 물었다.

건형이 고개를 끄덕였다.

"사실은 그게 맞습니다. 완전기억능력자는 한 시대에 단 한 명만 존재할 수 있죠."

이전 시대의 완전기억능력자는 르네상스에 소속되어 있었다.

르네상스는 그 완전기억능력자와 함께 찬란한 시대를 만들었지만 일루미나티와의 대전쟁 이후 그는 사망했다.

그 이후 나타난 완전기억능력자가 알렉산더 페렐만이었다.

그런데 건형이 퍽치기를 당하고 뜻밖의 능력을 얻게 되면서 상황이 꼬여 버리게 됐다.

완전기억능력자가 졸지에 두 명이 생겨 버린 것이다.

"그렇게 된 것이로군."

노먼 커닐트는 간략한 설명을 듣고 난 뒤 고개를 끄덕였다.

그제야 상황을 파악했다.

그렇다고 해도 완전기억능력자가 두 명이 있다는 건 여러모로 좋지 못한 일이다.

변수가 그만큼 더 많아졌다는 것이니까.

노먼 커닐트가 입을 열었다.

"그것과 르네상스와 로얄 클럽이 연합을 해야 한다는 건 무슨 이야기인가?"

"알렉산더 페렐만은 일루미나티에 대한 감정이 좋지 않습니다. 사실 거의 증오하고 있는 것이나 마찬가지죠. 그리고 그들은 어떤 식으로든 일루미나티를 집어삼키려 할 가능성이 높습니다. 그러면 그들이 거기서 멈춰 설까요?"

"……그럴 리가 없지."

인간의 욕심은 끝이 없다.

한계가 없는 욕심.

왜 부자가 더 많은 돈을 벌려고 할까?

자신의 부를 지키기 위해서다.

부를 지키기 위해서는 더 많은 부를 필요로 한다.

그럴 수밖에 없다.

그런 탓에 부자는 가난한 자가 가진 1개를 끊임없이 탐낸다.

알렉산더 페렐만이라고 해서 그 범주에서 벗어날 수 있는 건 아니다.

그 역시 인간이기 때문이다.

일루미나티를 집어삼킨 뒤 그가 할 것은 뻔하다.

일루미나티와 비슷한 다른 집단들.

르네상스나 로얄 클럽 같은 곳들.

그곳을 집어삼키려고 할 게 뻔하다.

노먼 커널트도, 버몬트 대공도 그것을 잘 알고 있었다.

"그래서 자네 생각은 무엇인가?"

"하나로 합치고자 합니다."

"하나로? 무엇을 하나로 합치려고 하는가?"

노먼 커널트가 눈살을 찌푸리며 물었다.

"서로 간의 실리입니다."

"실리라. 그러나 우리가 추구하는 것과 로얄 클럽이 추구하는 이념은 전혀 다르다네. 자네 역시 그것을 알고 있을 텐데? 실리를 목적으로 한다고 해서 쉽게 합쳐질 수 있을 것이라고 보는가? 사상누각일 걸세."

"임시적인 동맹입니다. 그렇지만 이번 전쟁이 끝나면 반영구적인 동맹으로 발전할 수도 있겠죠."

"……흠. 나는 이 일에 대한 결정권자가 아니네. 결정을 내릴 권한이 없네."

"그래서 버몬트 대공과 한번 이야기를 나눠 보고 싶습니다. 버몬트 대공 저하라면 발언권은 가지고 있지 않을까 생각합니다만."

"버몬트 대공 저하께서는 발언권 뿐만 아니라 결정권 역시 갖고 계시지. 서머싯 공작 각하께서 각별히 따르는 분이 바로 버몬트 대공 저하이시니까."

"그래서 버몬트 대공 저하께서 오신 지금 설득을 해 볼 생각이었습니다."

"휴, 자리는 마련해 주지. 그러나 확답을 듣긴 어려울 것이네. 버몬트 대공 저하께서는 서머싯 공작 각하와 대화를 나눈 이후 일을 진전시키실 테니까."

"예. 알겠습니다. 감사합니다. 커널트 경."

"나한테 고마워할 게 뭐 있나? 그보다 흉수에 대해서는 우리에게 무조건적인 도움을 줘야 하네. 자네가 정보를 찾아내는 즉시 우리에게도 알려 줘야 우리 역시 자네를 믿을 수 있어."

"예. 현재 제가 아는 형이 조사에 들어간 상황입니다. 걱정하지 않으셔도 됩니다."

"김지혁, 그를 말하는 거군. 알겠네."

버몬트 대공과 대화를 나눌 기회가 주어졌다.

건형 입장에서는 듣던 중 반가운 소식이었다.

이제 버몬트 대공을 만나 어떻게 그를 설득해야 할지 고민하고 있을 때였다.

연락이 왔다.

연락을 준 것은 지혁이었다.

"형. 무슨 일 있어요? 여기는 좋은 소식이 하나 있네요."

[그래? 너부터 먼저 말해 봐.]

"다른 건 아니고 버몬트 대공과의 약속이 잡혔어요. 노먼은 어느 정도 설득된 분위기였어요. 안 그랬으면 나를 대공과 만나게 했을 리가 없거든요."

[그래, 좋다. 잘했어.]

"그보다 형은요? 무슨 일 있는 거예요?"

[네가 반가워할 소식이다. 홍수를 찾았다.]

"누구죠?"

홍수를 찾았다는 건 여러모로 중요한 소식이다.

그가 제대로 된 홍수를 찾은 게 맞다면 이것은 버몬트 대공에게 자신의 신뢰도를 높이는 데 있어서 유용하게 쓰이게 될 것이다.

"둘 다 한국계 미국인들이었어. 장형철이 그들을 만나서 은밀히 뒷거래를 한 거 같아. 계좌를 추적해 봤더니 중동쪽 계좌가 뜬금없이 나오더라고. 당연히 장형철이 건넨 돈은……."

"강해찬 국회의원이 건넨 거겠죠."

[그렇겠지. 그리고 장형철은 곧장 이 두 사람을 고용했어. 그리고 정인호 사장의 도움을 받아서 태원 그룹에 잠입시켰지.]

"……잠깐만. 정인호 사장이요? 그는 이미 실권을 다 잃어버렸을 텐데요?"

[그래. 정인호 사장이 실권을 잃은 건 맞아. 그러나 그의 영향력이 어디 가는 건 아니지. 개중에는 임원들도 있을 테고. 그들이 지시를 내렸어. 정인호 사장의 명령을 따르라고

말이지.]

"휴, 그것까지 집어낼 수 있는 건 아니었으니까요. 그래
서요?"

[그래서는. 그 두 사람이 판을 만든 거지. 정인호라는 충
실한 수족을 부려먹었고.

확실히 강해찬 국회의원은 남다른 사내였다.

그렇지 않았으면 그가 여당에서 6선이나 국회의원의 자
리를 유지할 수 없을 것이다.

그만큼 그의 정치적인 감각이나 밸런스는 놀라울 정도로
최상위권에 위치해 있었다.

"그래서 그들을 옭아맬 방법은 있어요?"

[현재 수집 중이야. 그리고 잘하면 가능할 거 같아. 강해
찬까지는 어려울 수도 있어. 만약 장형철이 꼬리를 자르면
힘들어질 테니까.]

"휴, 알았어요. 확실시되는 대로 알려 주세요."

[그래. 수고해라.]

그렇게 지혁과 통화를 끝낼 무렵 버몬트 대공이 자신을
찾는다고 노먼 커널트가 전해 왔다.

건형은 다시 버몬트 대공을 만났다.

"그대가 나를 찾았다고 들었다."

"예. 대공 저하께 중요한 이야기를 하나 하고자 합니다."

"중요한 이야기라……노먼에게 간략하게 듣긴 했다. 그러나 그게 정말로 실현이 가능하다고 생각하는 겐가?"

"예, 그렇습니다. 조만간 일루미나티는 야욕을 드러내고 본격적으로 움직일 공산이 큽니다. 그리고 제가 판단하기에 르네상스나 로얄 클럽은 그런 일루미나티의 상대가 되기 어렵다고 보고 있습니다."

"……흠. 막상 이렇게 이야기를 듣게 되니까 기분이 섭섭한 건 어쩔 수 없는 일이군. 하하. 그래, 계속해서 이야기해 다오."

"그럴 경우 르네상스나 로얄 클럽은 각개격파를 당할 수도 있습니다. 그리고 그 뒤에 숨어 있는 알렉산더 페렐만, 그가 모든 걸 차지하려 들 수도 있겠죠."

"알렉산더 페렐만 교수. 그는 우리 측에서도 꾸준히 회유를 했던 사람이지. 그때마다 한사코 거부를 하더니만 그럴 만한 이유가 있었군."

르네상스에 완전기억능력자가 한 명 속해 있었고 그 완전기억능력자는 일루미나티와의 전쟁 끝에 사망했다.

알렉산더 페렐만은 그런 걸 원치 않았을 것이다.

그는 자신의 입맛대로 세계를 바꿔 나가고 싶었을 테고

그렇기에 독단적으로 조직을 꾸렸을 가능성이 컸다.

"그래서 르네상스와 로얄 클럽이 힘을 한곳으로 모아야 한다는 것인가?"

"예. 그렇습니다."

"사상이나 이념은 뒤로하고 힘을 합친다고 치세. 이렇게 둘이 힘을 합친다고 해서 어떤 의미가 있겠는가? 쉽게 쌓은 모래성은 쉽게 허물어지는 법일세."

버몬트 대공이 완곡하게 거절의 뜻을 비쳤다.

그의 입장에서는 그게 옳은 방향일 터였다.

게다가 로얄 클럽과 르네상스, 이 두 집단의 사이가 서로 좋은 것도 아니었다.

"그러면 일단 이 제안은 뒤로 물리도록 하겠습니다. 그리고 하나 더, 흉수를 찾은 거 같습니다."

"흉수를 찾았다고? 그게 누군가."

버몬트 대공이 나지막한 목소리로 물었다.

그렇지만 그의 음성에는 천둥과 벼락이 치는 듯했다.

강렬하기 이를 데 없는 그 목소리에 건형은 그 역시 마법을 배웠다는 걸 알 수 있었다.

르네상스는 현대의 마탑이다.

배움을 필요로 하는 자에게는 마법을 익힐 수 있게 한다.

버몬트 대공, 그의 마법 실력은 어느 정도일까.

어쨌든 건형은 순순히 대답했다.

"강해찬 국회의원 그리고 장형철입니다."

"응? 일루미나티가 아니란 말인가?"

"그들 뒤에 일루미나티가 있을 가능성이 높다고 보고 있습니다."

"흐음, 그들은 자네와 좋지 않은 관계인가 보군."

"예. 하늘을 함께 이고 갈 수 없는 관계죠."

"……그들이 개입했다는 증거는 잡아냈는가?"

버몬트 대공이 영국 여왕의 친서를 가지고 방문한 국빈이라고 하지만 그에게도 할 수 있는 일의 범위가 있다.

국회의원이 걸린 건 그만큼 복잡한 문제가 된다.

자칫 잘못하면 대한민국의 정치, 외교에 개입하는 셈이 되어 버리기 때문이다.

특히 대한민국은 그런 것에 있어서 대단히 폐쇄적인 나라다.

"그 날 무슨 일이 있었는지 대략적인 이야기는 들었을 테니 자세한 설명은 하지 않겠습니다. 우선 로비에서 칼부림을 하려 했던 사람은 현재 정신 병원에 입원한 상태입니다. 아무래도 그는 누군가의 사주를 받고 이용당한 것으로 생각

중입니다."

"그럴 수 있겠지. 그래도 철저하게 조사를 했으면 하네."

"예. 그 부분은 검찰과 경찰이 조사를 맡아 할 겁니다. 그리고 저는 그 뒤를 확인했습니다. 칼부림을 한다고 해서 독살을 시킬 수 있는 건 아니니까요."

"그래서 어떻게 찾아냈는가?"

"CCTV입니다. 그 당시 CCTV 화면을 확보했고 뒤쪽 프론트에 앉아 있던 여직원 두 명이 암기를 날리는 장면을 잡아낼 수 있었습니다. 둘 다 한국계 미국인들로, 현재 감시 중인 안가에 머무르고 있는 것으로 확인됩니다."

"그들은 지금 당장 사로잡아야 하는 거 아닌가? 완벽한 증인이 나타난 셈 아닌가."

"예. 그러나 일루미나티에서 키워 낸 초인일 가능성이 높아서 섣부르게 움직이지 않고 있습니다. 괜히 섣부르게 건드렸다가 그들이 경각심을 갖게 해서는 안 될 테니까요."

"현명한 판단일세. 그들과 그 국회의원이 연루된 정황도 찾은 것인가?"

"장형철은 강해찬 국회의원의 수석 보좌관입니다. 그리고 그가 중동 쪽 계좌로 돈을 건넨 것을 찾아냈습니다."

"은닉처인 모양이군."

"예. 그러나 그 두 사람을 잡는 것이 대한민국의 검찰이나 경찰만으로는 어려울 듯싶습니다. 버몬트 대공 저하께서 도와주셨으면 합니다."

"자네는 내가 마법을 쓸 수 있다는 걸 알고 있군."

"예. 저하. 그리고 저하께서 호위를 데려오신 것으로 알고 있습니다."

버몬트 대공이 고개를 끄덕였다.

그 역시 대한민국의 경찰력을 믿을 수는 없었다.

대한민국의 치안이 엄청 뛰어나게 발달되어 있다고는 하지만 상대는 일루미나티가 키워 낸 초인이다.

초인을 경찰로 붙잡겠다는 건 어불성설이다.

자신이 직접 나서야 할 것 같았다.

그리고 그는 느낄 수 있었다.

이 일에 자신이 개입하게 된다면 일루미나티와 르네상스 간의 전쟁은 더 이상 피할 수 없게 된다는 것을.

Chapter. 06

주사위는 던져졌다.

건형은 그렇게 생각했다.

일루미나티와 자신은 함께 갈 수 없는 사이였다.

둘 중 하나가 무너져야 끝이 날 관계.

애초에 처음부터 단추를 잘못 끼운 것이다.

그랬기에 일루미나티도 자신 몰래 강해찬 국회의원에게
손을 뻗었던 것이다.

등 뒤를 꿰뚫을 수 있는 비장의 한 수를 준비했달까.

일단 지금 당장 해결해야 하는 건 강해찬 국회의원과 장형철.

이들을 처리하는 것이었다.

어떤 방법이든 좋았다.

그들을 완전히 무너트려야 했다.

지금 가장 방해가 되는 건 이 두 사람, 그리고 이들을 따르는 세력들이었다.

관건은, 어떤 방법으로 그들을 옭아매느냐 하는 점이었다.

그들 모두 법의 강력한 비호를 받고 있는 사람들이었다.

법으로 그들을 옭아매는 건 불가능했다.

다른 방법을 찾아야 했다.

그렇다고 해서 단순히 무력으로 그들을 단죄하고 싶지는 않았다.

오히려 그렇게 한다면 그들에 대한 동정 여론이 일지도 몰랐다.

그것은 자신이 바라는 바가 아니었다.

그보다는 철저한 파멸.

그것을 원했다.

그리고 그렇게 할 수 있는 방법이 하나 있었다.

그것은 완전기억능력, 그것을 이용하는 것이었다.

우선 건형은 버몬트 대공이 붙여 준 수하들과 함께 움직였다.

그들이 찾아 나선 것은 정용후 회장과 스티븐 윌리엄스 박사를 암습했던 바로 그 두 여자였다.

지금 아르고스가 파악하기로 그들이 현재 몸을 숨기고 있는 곳은 평택 인근의 저택이었다.

일루미나티가 비밀리에 마련해 둔 안가로 추정되고 있었는데 두 사람 모두 초인으로 의심되는 상황이다 보니 신중하게 접근을 해야 할 필요가 있었다.

이번에 움직이기로 한 건 건형과 버몬트 대공 휘하에 있는 마법사 네 명이었다.

통상적으로 마법사는 초인을 상대로 일대일 승부에 강하지 않다고 알려져 있기 때문에 어쩔 수 없이 네 명이 투입된 것이었다.

이 대 일이라면 충분히 승산이 보이지 않을까 생각해서였다.

그것에는 건형의 능력을 과소평가한 것도 없지 않아 있었다.

마법사들을 이끄는 총대장은 론이라는 사내였다.

붉은색 머리카락에 주근깨가 덕지덕지 나 있는 사내로 평소 해리포터의 광팬이라고 스스로 먼저 이야기를 하고 나선

자였다.

해리포터에 나오는 론을 보고 이름도 론으로 바꿨다고 했는데 그의 본명은 여기 있는 누구도 몰랐다.

"잘 부탁드리겠습니다."

론이 정중하게 인사를 해 왔다.

버몬트 대공이 각별하게 대우하라고 한 만큼 론은 건형을 버몬트 대공 못지않게 대우하고 있었다.

원래 마법사란 고개가 빳빳한 자들이다.

같은 마법사가 아니면 쉽게 존대를 하지도 않는다.

그런 점에서 볼 때 버몬트 대공이 르네상스에 가지는 비중이 어느 정도인지 어렴풋이 짐작할 수 있을 법했다.

"저야말로 잘 부탁드리겠습니다, 론 경. 그들을 사로잡아야 하니까요."

죽이는 것과 사로잡는 건 별개의 문제다.

난이도를 놓고 본다면 당연히 후자가 더 어렵다.

"팔다리 하나쯤은 괜찮겠죠?"

"예. 멀쩡히 살아만 있으면 됩니다."

"알겠습니다. 저곳이 그들이 머무르고 있는 안가가 맞습니까?"

론이 멀찌감치 떨어져 있는 커다란 저택을 가리키며 말했다.

독수리의 눈을 이용해서 넓게 볼 수 있는 론에게 이 정도 거리는 아무런 문제가 되지 않았다.

그 말에 건형이 고개를 끄덕였다.

"예, 그렇습니다. 빨간 지붕의 2층 주택이 맞습니다. 현재 초인 두 명 외에 다른 사람이 있는지 여부는 파악이 되질 않은 상황입니다."

"……음, 어렵군요."

론은 살짝 놀란 얼굴로 건형을 쳐다봤다.

버몬트 대공이 잘 대우해 주라는 말에 처음에는 그가 차세대 에너지 기술을 개발한 범세계적 인재이기 때문에 그런 거라고 생각했다.

그렇지만 이번에 건형이 하는 말을 들어 보니 그 역시 저 멀리 떨어져 있는 저택을 확인한 모양이었다.

보통 사람의 시력으로는 절대 불가능한 일이다.

'설마 이자도?'

론은 혹시 하는 표정으로 건형을 쳐다봤다.

그러나 그것도 잠시 그는 저택 쪽을 재확인했다.

이번 임무의 목적은 어디까지나 초인 둘이다.

그들을 반드시 살려서 제압해야 했다.

그렇지만 의문점은 여전히 남아 있었다.

'저자들을 생포한다고 할지라도 이 나라에서 저들을 증인으로 내세우긴 어려울 텐데? 어떻게 그 국회의원을 옭아맬 생각인 걸까.'

한국계 미국인이라고 하지만 어쨌든 그들은 외국인이다.

아마 미국 국적자일 것이다.

그들을 증인으로 내세울 수 있을까?

설령 증인으로 내세운다고 해도 그들이 부인하면 그만이다.

주장하는 내용을 믿을 사람이 얼마나 될까.

이 세상에 초인, 마법사 등이 존재한다고?

허무맹랑한 이야기로 치부할 가능성이 크다.

그렇지만 버몬트 대공의 명령이 내려온 이상 그것을 좇아야 했다.

"일단 진입하도록 하겠습니다. 최우선 목표는 초인 두 명. 그 외 목표물은 전부 다 죽이도록 하겠습니다."

론의 명령과 함께 마법사 네 명이 순식간에 거리를 좁히기 시작했다.

헤이스트 마법을 펼친 채 그들은 적들이 있는 저택을 향해 빠른 속도로 파고들어 갔다. 그리고 건형 역시 그들 못지 않은 속도로 저택 쪽으로 향했다.

여기서 건형은 어디까지나 서포트하는 입장이었다.

직접 앞에 나서진 않을 생각이었다.

그렇다고 해도 어느 정도 보조를 맞출 필요는 있었다.

그사이 저택 쪽으로 향하던 론은 자신을 뒤따라오는 건형을 보며 입가에 미소를 그렸다.

보통 사람은 아닐 것이라고 생각했다.

그러나 이번 움직임을 보고 확신할 수 있었다.

'초인은 아닐 테고 완전기억자인가?'

그 역시 완전기억능력자에 대해서 알고 있다.

한때 완전기억능력자가 르네상스 소속이었기 때문이다.

그 완전기억능력자의 괴상함에 대해서 론은 이야기를 많이 들어 왔다.

그가 얼마나 강력한 존재였는지.

특히 뇌파를 이용한 정신 조작은 그야말로 궁극의 힘이라고 불려도 무방할 정도였다.

과연 이 사람이 그것까지 가능할지 모르겠지만 그가 자신만만해하는 이유도 깨달을 수 있었다.

정 안 되면 뇌파를 이용한 정신 조작을 사용해서 상대방을 자신 뜻대로 조종하는 것도 가능해질 테니까.

적아를 가리지 않고 자신의 수하로 만들어 버리는 그 능력, 일루미나티가 그 능력에 얼마나 많은 피해를 입었던가.

일루미나티가 괜히 완전기억능력자를 꺼려 하는 게 아니다.

어쨌든 그들은 빠른 속도로 저택에 진입했다.

저택 주변은 조용하기 이를 데 없었다.

어떻게 보면 음산한다는 평가가 어울릴 정도였다.

일단 저택 주변부를 둘러보던 론이 신중한 목소리로 말했다.

"안에 인기척이 더 있는 듯합니다."

"어떻게 하시겠습니까?"

현장의 지휘관은 론이다.

그의 판단을 존중하는 것도 중요하다.

론이 건형을 보며 입을 열었다.

"미스터 팍이 도와준다면 조금 더 수월하게 풀릴 수 있을 거 같습니다만 가능하시겠습니까?"

"제가요?"

"예. 완전기억능력자 아니십니까? 그 정도면 충분할 거 같습니다."

"……좋습니다."

이번 일은 건형에게도 매우 중요했다.

그들을 통해 일루미나티의 의도를 파악해 내야 하기 때문이다.

그리고 그것은 나아가 로얄 클럽과 르네상스가 서로 협조할 수 있게 하는 데 여러모로 도움이 되어 줄 게 분명했다.

지금은 그 포석을 까는 단계였다.

그렇게 결정을 내린 뒤 론이 빠르게 안으로 움직였다.

거실에서 쉬고 있던 사내 둘이 놀란 얼굴로 다급히 일어났다.

그러더니 그들은 옆에 놔뒀던 총을 들고 그대로 쏴 갈겼다.

정밀하게 교육받은 자들.

초인은 아니었다.

초인 밑에서 일하는 자들인 듯했다.

티티팅—

그렇지만 론이 만들어 낸 장벽이 총알 세례를 무효화시켰다.

"마, 마법사다!"

"마법사가 나타났다!"

그들이 놀란 얼굴로 소리를 질렀다.

'일루미나티의 개들이군.'

마법사가 실존한다는 걸 안다는 건 이들이 일루미나티와 연관이 있다는 의미.

론은 바람의 칼날을 일으켜서 순식간에 그들의 목을 쳐냈다.

두 명의 사내는 언제 자신이 죽은지도 모른 채 그대로 허물어지듯 쓰러졌다.

그들을 단숨에 제압한 뒤 론을 포함한 네 명의 마법사가 흩어져서 저택 안을 수색했다.

고요한 저택 안.

그때였다.

콰아앙—

엄청난 폭발음이 울려 퍼지며 마법사 한 명이 순식간에 나동그라졌다.

계속해서 피를 게워 내는 걸 보면 적지 않은 충격을 입은 듯했다.

"이, 이 층입니다!"

론은 사제의 말에 공중을 박차고 2층으로 올라왔다.

2층에는 어두컴컴한 기운에 둘러싸인 듯한 여자가 차가운 표정으로 론을 노려보고 있었다.

'초인이구나. 타입은?'

론은 상대 초인을 확인했다.

타입이 중요했다.

어떤 타입이냐 여부에 따라 상대하는 방식도 바뀐다.

초인의 타입은 크게 세 가지다.

근접형, 원거리형 그리고 보조형.

아까 전 타격만 놓고 봐서는 근접형일 가능성이 높지만 그게 아닐 경우도 감안해야 했다.

그때 그 여자가 재차 움직였다.

'근거리형.'

론은 재빠르게 마력을 끌어 올리는 한편 방패막이를 켰다.

불투명한 창이 나타나서 론 앞을 굳건히 지켰다.

콰앙—

또 한 번 폭발하는 소리.

론을 공격하던 여자가 방패막이와 부딪치며 일으킨 소리였다.

'꽤 강한데? 일루미나티가 쉽게 버릴 패가 아니야.'

이 정도면 중급 초인 이상이다.

상급 초인일 수도 있다.

일루미나티가 쉽게 버릴 만큼 가치가 없는 초인이 아니라는 의미다.

'그렇다는 건 누군가 이들 뒤에 있을 가능성이 높다는 건데.'

그때 또 다른 폭발 소리가 들렸다.

론이 주변을 훑었다.

1층에서 자신을 쫓아온 마법사 두 명이 한 초인을 상대로 고전 중이었다.

마법사 하나는 초인을 못 잡지만 마법사 둘은 초인을 잡을 수 있다.

오래된 격언.

그 격언에 오차가 생겼다.

'그동안 단단히 칼을 갈고 있었구나.'

일루미나티를 패퇴시킨 건 르네상스였다.

르네상스는 일루미나티의 야욕을 분쇄했고 유럽을 지켰다.

그렇지만 그 후 일루미나티는 더욱더 강해진 반면 르네상스는 정체했고 퇴보했다.

'빌어먹을 놈들. 마법 훈련을 게을리하지 말라니까.'

론이 입술을 깨물었다.

자칫 잘못했다가는 초인들을 사로잡기는커녕 전부 다 절단 날 기세다:

그렇게 되면 버몬트 대공을 볼 낯이 없어진다.

그때였다.

"끄아아악."

마법사 한 명이 어깻죽지를 부여잡은 채 뒤로 물러났다.

깔끔하게 잘려 나간 팔.

어깻죽지 아래가 텅 빈 게 중상을 입었다.

마법사에게 양손은 수결을 맺을 때 반드시 필요하다.

그런데 그 양손 중 한 손을 잃어버렸다.

본성에 가서 다시 회복한다고 해도 오랜 시간이 걸릴 것이다.

'도대체 그는 어디로……'

론이 건형을 찾았다.

이렇게 무작정 진입한 것은 건형이 있기에 저지른 짓이었다.

그런데 정작 건형은 어디에도 보이질 않고 있었다.

론의 표정이 새까매졌다.

지금 상황만 놓고 보면 목숨을 걸어야 할지도 몰랐다.

론은 신중한 표정으로 전력을 점검했다.

중상을 입은 마법사가 한 명, 한 명은 오른쪽 팔이 어깻죽
지부터 잘려나갔다.

멀쩡한 마법사는 이제 두 명뿐이다.

론은 여기 오기 전 버몬트 대공과 나눴던 대화를 떠올렸다.

"론 경, 마법사 네 명이면 충분하겠는가?"

"예. 저를 포함해서 네 명이면 됩니다. 대공 저
하."

"그래도 우려스럽다네. 두 명을 더 데려가게. 여
섯 명 정도는 되어야 하지 않겠나?"

"괜찮습니다. 대공 저하의 호위도 필요할 것으로
생각됩니다. 네 명으로 움직이겠습니다."

"아, 미스터 강도 함께 갈 걸세. 미스터 강은 대단
히 중요한 사람이니 각별히 대해 주게."

"어느 정도로 중요한 사람인지……."

"실제로 보면 알게 될 걸세. 하하. 그럼 좋은 소식
을 기다리도록 하겠네."

수치심에 얼굴이 벌게졌다.

그때 버몬트 대공의 이야기를 귀담아들었어야 했다.

초인 두 명에 너무 주목한 게 자신의 잘못이었다.

초인 두 명, 그들을 호위하는 병력까지 전부 다 계산에 넣었어야 했다.

계산 실수가 나온 결과다.

론은 강력한 마법을 재빠르게 구사했다.

여기 온 마법사들 세 명 모두 중급인데 비해 그는 최상급의 실력자다.

르네상스에서도 그만한 마법사는 찾아보기 드물 만큼 그는 십 위권 내에 들어간다고 자부한다.

강력한 마법이 순식간에 2층 전부를 휩쓸었다.

엄청난 광역 마법이 사방으로 뿜어지며 주변을 폭발시켰다.

"크으윽."

초인이 입술을 깨물었다.

엄청난 화염계 마법에 순간적으로 온몸이 흐물흐물해졌다.

강력한 신체 회복력 덕분에 몸 상태가 돌아왔지만 여전히 완벽하지 않았다.

'무서운 마법사다.'

그녀는 얼굴을 일그러트렸다.

임무를 제대로 완료하지 못했다.

스티븐 윌리엄스 박사는 죽었지만 정용후 회장의 암살은

실패했다.

그렇다 보니 그녀는 다시 한 번 만반의 준비를 갖춘 다음 암살에 나설 생각이었다.

그런데 상황이 꼬여 버렸다.

어떻게 알았는지 모르겠지만 마법사 놈들이 먼저 쳐들어왔다.

게다가 개중 한 명은 최상급 마법사임이 확실했다.

'어떻게 해야 하지? 도망쳐야 할까? 임무는 무조건 완수해야 하는데…… 도대체 그분은 어디로 가신 거지? 그분만 있었어도.'

그녀가 입술을 깨물었다.

아직 도망치지 않은 이유는 하나다.

믿는 구석이 남아 있어서다.

어디로 간 것인지 모르겠지만 그만 돌아온다면 이 전세를 뒤집을 수 있을 터였다.

한편 론이 간절히 찾고 있는 건형은 정체불명의 웬 괴인을 맞닥뜨리고 있었다.

처음 초인의 기척을 찾아냈을 때에만 해도 건형은 그쪽으로 움직이려 했었다.

게다가 마법사 한 명이 중상을 입었을 무렵 그 움직임이 급격해졌다.

결국 건형은 마법사를 구하지 못하고 정체 모를 적을 향해 몸을 날려야 했다.

그리고 건형은 자신의 선택이 옳았음을 깨달았다.

그는 지금 저 안에 있는 초인들보다 훨씬 더 강력한 상대였다.

만약 자신이 나서지 않았더라면?

론이었다면 그를 막을 수 있었을까?

건형이 생각하기엔 백중세일 듯했다.

건형이 순식간에 상대방을 향해 파고들었다.

완전기억능력으로 강화된 신체 능력에 건형은 삽시간에 빨라진 속도로 상대를 제압해 들어갔다.

그러나 상대 역시 만만치 않았다.

그도 쉽게 당할 수 없다는 듯 건형을 향해 맹렬히 공격해 들어오고 있었다.

콰앙—

폭음이 울렸다.

저택 안쪽에서 들린 소리.

이곳 별채까지 들렸을 정도라면 그만큼 강력한 마법이 사용됐다는 이야기다.

건형이 입술을 깨물었다.

혹시 무슨 일이 생긴 건 아닌지 걱정이 됐다.

하지만 지금 당장 중요한 건 이자를 제압하는 것이었다.

그는 까만색 복면으로 얼굴을 가린 채 건형을 향해 맹렬한 적의를 드러내고 있었다.

순식간에 몇 차례 공방이 오고 갔다.

수준 높은 대결이 펼쳐지고 있었다.

건형은 더욱더 완전기억능력을 끌어 올렸다.

점점 더 뇌력이 커져 나가며 그 파장이 사방을 향해 뿜어졌다.

폭발적으로 뿜어진 그 뇌력에서 엄청난 전자기파가 형성됐다.

'설마…….'

검은 복면을 쓰고 있던 사내의 눈이 휘둥그레졌다.

그가 믿을 수 없다는 얼굴로 상대를 바라봤다.

'완전기억능력자라니.'

그는 다급히 뒤로 물러났다.

건형이 의아한 얼굴로 상대를 쳐다봤다.

여기서 그가 갑자기 물러날 이유는 없다.

어째서 물러난 것일까.

당황해할 때 상대방이 순식간에 돌아서서 달아나기 시작했다.

건형은 급히 그 뒤를 쫓았다.

추격전이 벌어졌다.

계속되는 추격전 끝에 승기를 잡은 건 건형이었다.

지나치게 경직된 상대의 공격을 건형은 무사히 막아 낼 수 있었다.

그리고 건형은 그를 제압하는 데 성공할 수 있었다.

갑작스럽게 상대방이 무너지면서 얻어 낸 이득이었다.

그 이후 건형은 상대가 쓰고 있는 복면을 집어 던졌다.

그리고 건형은 놀란 얼굴로 상대를 바라봤다.

복면을 쓰고 있는 사내의 눈동자가 묘하게 낯익었다.

또한 그 안에서 느껴지는 기세까지.

'와, 완전기억능력자라고?'

건형이 입술을 깨물었다.

자신이 추측이 맞다면 상대방 역시 완전기억능력자였다.

정확히 이야기하면 완전기억능력자가 아니라 불완전기억능력자이긴 했지만 그의 눈을 통해 느껴지는 기세는 완전기억능력자의 그것이었다.

건형은 그를 제압한 이후 다시 저택으로 돌아왔다.

저택은 이미 피비린내 나는 현장이 되어 있었다.

론은 숨을 헐떡이며 거친 표정으로 자리에 앉아 있었다.

건형이 다가가서 물었다.

"괜찮으십니까?"

"후, 저는 괜찮습니다. 자리에 안 계셔서 무슨 변고라도 당한 줄 알았습니다."

완전기억능력자이기 때문에 변고까지 겪지는 않았을 것이다.

그렇긴 해도 시야에 안 들어오니 걱정되는 건 어쩔 수 없는 일이다.

건형이 입을 열었다.

"죄송합니다. 강한 기척이 잡혀서 어쩔 수 없었습니다."

"그 사람은 잡았습니까?"

"예. 그런데 조금 더 조사해 볼 필요가 있을 거 같네요."

"……일단 저도 제압은 했습니다. 휴, 정말 어렵더군요."

론 같은 최상급 마법사도 힘에 부치는 일이다.

일대일 대결에서 마법사는 초인을 쉽게 잡기 어렵기 때문이다.

그렇지만 그래도 그는 해냈다.

"다른 마법사분들은 괜찮으십니까?"

"예. 가장 상처가 위중했던 잭슨은 돌려보냈습니다. 이안이 잭슨을 쫓아갔고 데이비드가 저하고 함께 남았습니다."

"두 분이 꽤 위험해 보였는데…… 괜찮은 겁니까?"

"예, 걱정하지 않으셔도 됩니다. 그보다 그자는 도대체 누구였습니까?"

"아직 저도 확실하게 파악하진 못했습니다. 그러면 슬슬 돌아가 보도록 하죠. 이미 원하는 목적은 다 달성한 거 같군요."

만약 건형이 함께 오지 않았으면 목적을 달성하는 건 불가능했을 것이다.

초인 두 명과 초인 세 명.

그 차이는 명백하기 때문이다.

만약 초인 세 명이었으면 론이 최상급 마법사라고 했을지라도 막아 내지 못했을 것이다.

어쨌든 그들은 무사히 임무를 완수한 뒤 돌아올 수 있었다.

그랜드 마스터는 안가가 습격당했고 전부 다 납치당했다는 보고를 한 시간 전 긴급히 받았다.

'빌어먹을.'

이럴 줄 알고 애초에 프로토 타입을 보내지 않으려 했었다.

그러나 위험할 수 있다는 위원들의 보고가 있었고 결국 그는 그들의 의견을 받아들였다.

그렇지만 예상대로 프로로 타입은 허망하게 잡혀 버렸다.

'버몬트 대공이 데려온 개새끼들은 아닐 테고. 설마 박건형, 그자가 움직인 건가?'

만약 박건형이 움직인 게 맞다면?

상황은 생각보다 더 골치 아파진다.

그랜드 마스터는 설마 그런 일이 일어나지는 않을 것이라고 믿고 싶었다.

그렇지만 언제나 상황은 최악을 가정하고 움직여야 하는 법이다.

"메로빙거. 지금 당장 의원회를 소집하도록!"

"예, 그랜드 마스터."

메로빙거가 고개를 끄덕인 후 13인 위원회를 소집하기 위해 바쁘게 움직이기 시작했다.

이제부터는 시간 싸움이었다.

한편 건형은 세 명을 잡았다.

여성 초인 두 명과 정체불명의 남자 한 명.

원래 예정대로라면 앞의 두 명을 더 신경 써야 했겠지만 그가 보다 더 주목한 건 정체불명의 남자였다.

그의 몸에서 느껴지는 그 기세가 묘했다.

'한 세대에는 완전기억능력자가 단 한 명 존재한다. 그들이 완전기억능력자를 복제할 수 없었을 텐데 어떻게 한 거지?'

그렇지만 변수는 이미 존재한다.

건형이 바로 그 변수다.

이미 완전기억능력자가 존재함에도 불구하고 건형이라는 또 다른 완전기억능력자가 생겨났기 때문이다.

그렇게 본다면 또 다른 완전기억능력자를 또 만들어 내는 것도 어렵지 않은 일이다.

그렇다고 한들 어떻게 해서 이게 가능했을까.

그때 문득 생각이 미치는 부분이 있었다.

알렉산더 페렐만 교수.

그는 한동안 일루미나티에 사로잡혀 있었다고 했다.

만약 그의 유전자를 통해 완전기억능력자에 대해 파헤친 것이라면?

인간의 정보는 유전자에 담겨 있게 된다.

일루미나티는 완전기억능력자에 대해 알아내기 위해 무슨 방법이든 다 썼을 것이다.

왜 그를 불구로 만들지 않았는지 이해가 안 될 만큼 알렉산더 페렐만 교수의 상태는 멀쩡하지만 일루미나티는 그한테서 충분한 정보를 얻어 냈을 것이다. 그리고 그것을 바탕으로 완전기억능력자를 집단으로 양성하려 했을지도 모른다.

만약 그게 사실이라면?

그렇다면 일루미나티는 상상 외의 강적이 되는 셈이다.

그리고 그것은 르네상스와 로얄 클럽이 힘을 합쳐야 한다는 당위성을 제공해 줄 것이다.

그렇기 때문에 건형이 기를 써서 그를 잡으려 했던 것이다.

어쨌든 상대를 잡는 데 성공했고 그것을 통해 유리한 국면을 만들어 내게 됐다.

이것만으로도 충분히 값어치 있는 일이다.

건형은 버몬트 대공과 노먼 커널트를 다시 만났다.

버몬트 대공이 반갑게 그를 맞이했다.

"이야기는 전해 들었네. 정말 고생 많았네."

"아닙니다. 저보다는 론 경이 더 고생을 많이 했죠."

"하하, 그보다 그 남자는 누구인가? 처음 보는 얼굴이더군. 자네가 붙잡은 자가 맞나?"

"예, 그렇습니다. 또, 대공 저하의 마음을 돌릴 수 있는 자이기도 하죠."

"응? 내 마음을 돌린다고? 그게 무슨 의미인가?"

건형이 대답했다.

"그는……."

그때였다.

한 사내가 들어왔다.

그는 론이었다.

론은 슬쩍 건형에게 아는 척을 해 온 다음 버몬트 대공에게 다가가서 귓속말을 전달했다.

그 표정이 심각해서 큰일이 터진 것임을 짐작할 수 있게 하고 있었다.

그리고 이야기를 전해 들은 버몬트 대공의 얼굴이 새빨갛게 달아올랐다.

그러면서 엄청난 마력이 순간적이지만 이 주위를 감싸 안았다.

그야말로 폭발적인 마력.

이 정도면 론 이상이라고 봐야 했다.

최상급 마법사, 아니 그 이상.

'르네상스에 찬란하게 빛나는 별 세 명이 있다더니 그중

한 명이 버몬트 대공일 줄이야⋯⋯.'

　그러나 지금 당장 그보다 더 중요한 건 론이 어떠한 소식을 들고 왔느냐 하는 점이었다.

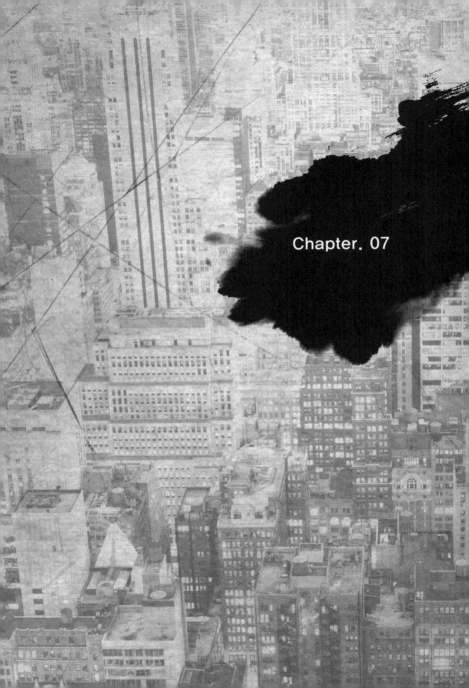

Chapter. 07

버몬트 대공은 굳어진 얼굴로 말을 꺼냈다.

"지금 당장 런던으로 돌아가 봐야 할 거 같네."

"런던에 무슨 일이 생기신 겁니까?"

"런던이 테러를 당했다고 하는군."

"……테러라니요?"

"정체를 알 수 없는 자들이 메트로와 런던 아이 등 몇몇 곳에서 폭발물을 터트렸다고 하네. 빨리 귀국하라는 여왕 폐하의 명이 있으셨어."

"……일루미나티에서 일을 꾸몄을 가능성도 있을까요?"

"그럴 가능성도 있겠지. 어쨌든 지금 당장 나는 돌아가 봐야 하네. 이 일은 자네에게 부탁하기로 하지. 그리고 로얄 클럽과의 연합이 필요하다던 그 이야기, 이 일이 마무리되는 대로 런던에 찾아와서 이야기를 나눠 볼 수 있겠나? 어쨌든 모든 일은 여왕 폐하의 결재를 맡아야 하다 보니 여왕 폐하께도 내가 이야기를 드려 볼 생각이네."

"알겠습니다, 대공 저하."

"미안하게 됐군."

그 이후 노먼 커널트는 미안한 얼굴을 한 채 버몬트 대공과 함께 급히 호텔을 떠났다.

스티븐 윌리엄스 박사의 사체 역시 비행기를 타고 함께 이동할 예정이었다.

이제 골칫거리를 떠안게 된 건 건형이었다.

일루미나티의 초인 두 명, 일루미나티가 만들어 낸 완전기억자의 프로토 타입 한 명.

이들을 어떻게 처리해야 할지 감이 잡히질 않았다.

어쨌든 버몬트 대공에게 이야기를 해 뒀으니 어느 정도 실마리는 잡은 셈이다.

"결국 잠시 기억을 봉인하고 가둬 두는 수밖에 없겠군."

건형이 지금 당장 할 수 있는 건 이 방법이 유일했다.

그리고 이들을 맡길 만한 곳은 지혁의 집뿐이었다.

얼마 지나지 않아 연락을 받고 지혁이 당도했다.

그는 기절한 채 쓰러져 있는 세 사람을 보고선 고개를 설레설레 저었다.

"이 사람들을 보호해 달라고?"

"형이 위험하면 보호하지 않아도 돼요. 그렇지만 가급적이면 보호해 줘요."

"보호해야 할 이유가 있는 거야?"

"이 두 명은 일루미나티에서 키운 초인들이에요."

"그래. 그 암습했던 두 사람이잖아. 버몬트 대공은? 버몬트 대공이 직접 데려가서 심문한다고 한 거 아니었어?"

"버몬트 대공은 런던으로 급히 돌아갔어요. 런던에서 테러가 일어났다고 하더라고요."

"테러? 웬 테러? 설마 지난번처럼 탈레반 같은 놈들이 테러를 일으킨 거야? 아직 나도 관련 정보는 파악하지 못했는데?"

"공공시설에서 일어난 테러라던데. 확인 안 됐어요?"

"잠깐만 기다려 봐."

스슥 휴대폰을 켜서 확인하던 지혁이 눈살을 찌푸렸다.

"음, 아직 엠바고인가 보네. 조만간 뜰 거 같긴 한데. 혼란을 우려해서 그런 모양이야. 저녁에 터진 테러이기도 하고.”

대한민국과 런던의 시차를 감안해 봐야 한다.

어찌 됐든 테러가 일어난 게 사실이라면?

누가 연관이 되어 있느냐가 관건이다.

“일루미나티가 연관이 있을까요?”

“충분히 가능성이 있지. 그보다 이 사람은? 저 두 여자는 초인이라고 했고. 이 사람은 뭐야?”

“이 사람은……일루미나티가 만들고 있는 완전기억능력자 같아요. 프로토 타입인 듯한데……아직 불완전해요.”

“일루미나티에서 완전기억능력자를 만들어 내려 하고 있다고?”

“예. 알렉산더 페렐만 교수를 감금해서 이것저것 온갖 연구를 다 했겠죠. 거기서 얻은 부산물로 만들어 내려 했던 게 아닌가 싶어요.”

“그게 사실이라면…… 큰일이네. 만약 완전기억능력자를 임의대로 만들어 낼 수 있다면.”

“세계가 난리가 날 수 있겠죠. 긍정적인 방향으로 놓고 보면 그동안 연구가 되지 않던 각종 분야의 연구가 활성화될 수 있겠지만 그 힘을 안 좋은 곳에 쓰게 된다면…… 세계가 패닉에 빠질 거예요.”

완전기억능력자의 가장 큰 무서움은 뇌를 조종할 수 있는 힘이다.

전뇌력.

이 능력을 바탕으로 완전기억능력자는 사람의 의식을 마음대로 조종할 수 있는데 그것이 가장 위험한 능력이라고 할 수 있다.

일루미나티에서 만들어 낸 완전기억능력자들이 전 세계 고위 인사들의 의식을 조종할 수 있게 된다고 가정한다면?

어떻게 될까?

전 세계를 자신의 손아귀에 넣는 건 그야말로 식은 죽 먹기가 되어 버릴 것이다.

그게 가장 큰 문제점이다.

그렇기 때문에 건형은 그 점을 우려하고 있었다.

"너무 비약적으로 생각하진 말자. 완전기억능력자를 쉽게 만들어 낼 수 있는 것도 아니잖아."

"그러나 이렇게 불완전기억능력자를 만들어 냈어요. 전뇌력은 대략 5퍼센트 정도 사용하고 있는 거 같은데 이미 만들어 냈다는 게 중요한 거죠. 휴, 아무래도 런던에 갔다 와야겠어요."

"런던에는 테러가 일어났다니까? 당분간 교통이 통제될

거야."

"그래도 가야 해요. 그리고 버몬트 대공과 여왕을 만나야 해요. 그들에게 이 위험에 대해 경고를 해야 할 필요가 있어요."

"강해찬과 장형철은?"

"출국하기 전에 그들에 대한 일도 마무리 지을 생각이에요."

"마무리 짓는다고? 어떻게? 설마 너……."

"더 이상 수동적으로 행동해서는 안 된다는 걸 깨달았어요. 이제는 능동적으로 움직여야 할 시기예요. 더 이상 기다릴 수는 없어요. 빨리 이 상황을 해결해야 해요. 제 힘을 쓰겠어요."

"……그들의 의식을 조종할 생각인 거냐?"

"예."

건형이 고개를 끄덕였다.

단단히 결심을 한 건형을 보며 지혁은 아무 말도 할 수 없었다.

그 역시 지금 당장은 속전속결이 최우선이라는 걸 깨닫고 있었기 때문이다.

강해찬은 며칠 전부터 제대로 잠을 이루지 못하고 있었다.

점점 더 박건형이 자신을 향해 목을 옭아매려 하고 있었다.

정인호나 정찬수는 끈 떨어진 연이었다.

정용후 회장이 살아 있는 이상 그들은 절대 태원 그룹을 물려받을 수 없었다.

게다가 정지수가 이미 합법적인 상속자가 되어 버린 상황이었다.

두 사람이 정용후 회장을 무너트릴 수 있을 것이라고 믿고 지원을 했지만 그 모든 게 물거품이 되어 버렸다.

거기에 정용후 회장을 암살하러 보냈던 암습자가 엉뚱한 사람을 암습했다.

스티븐 윌리엄스 박사.

물리학계에서 알아주는 저명한 인사.

강해찬도 그 사람을 죽일 생각은 전혀 없었다.

그를 죽인 이후에 불어닥칠 파장이 얼마나 클지 잘 알고 있기 때문이다.

그런데 무슨 이유에서인지 모르겠지만 정용후 회장은 살았고 스티븐 윌리엄스 박사가 사망했다.

그 일로 인해 대한민국의 이미지는 곤두박질쳤고 자신을 믿고 따르던 몇몇 사람들이 등을 돌렸다.

그 후 강해찬은 두문불출한 채 집 안에서만 머무르고 있었다.

장형철이 이곳저곳을 돌아다니면서 돌파구를 찾고 있었지만 해결책을 마련할 수 있을지조차 의문이 들고 있었다.

결국 강해찬은 불안감을 못 이기고 하루 종일 술에 취한 채 지쳐 잠들기 일쑤였다.

특히 일루미나티한테 박건형에 대해 자세히 알게 된 이후로부터 그런 증상이 심해졌다.

어떻게 평범하던 대학생한테 그런 능력이 생긴 것인지는 모르겠지만 그는 충분히 자신을 죽일 수 있는 능력이 있었다.

왜 아직도 참고 기다리는지 이해가 안 갈 정도였다.

"빌어먹을. 제기랄!"

강해찬이 술병을 집어 던졌다.

어제 마셨던 거 같은 술병이 어느샌가 병째 비워져 있었다.

"장 보좌관! 술! 술 어디 있나!"

"의원님. 이제 그만 드시죠. 내일 국회에 가 보셔야 합니다."

"국회에 갔다가 그놈이 암습이라도 하면 어떻게 하려고 그러나?"

"의원님은 여당의 가장 큰 웃어른이십니다. 누가 의원님

을 함부로 공격하겠습니까? 설령 그런 일이 일어난다고 해
도 제가 그것을 막을 것입니다."

장형철의 다부진 말에 강해찬이 한숨을 길게 내쉬었다.

"장 보좌관이 그렇게 이야기해 주니 고맙구먼. 그런데 술
은 어디에 있나?"

"의원님…… 지금 나가서 사 오겠습니다."

장형철은 한숨을 길게 내쉬며 바깥으로 발걸음을 옮겼다.

그러는 동안 강해찬은 의자에 걸터앉아 머릿속 생각을 정
리했다.

자신은 무소불위의 권력자였다.

대한민국의 권력의 중심.

대통령마저 넘어서는 최고의 핵심.

그게 바로 자신이었다.

6선 국회의원으로 여당을 좌지우지했던 자신을 그 누구
도 감당할 수 없었다.

그런데 한 놈이 나타나면서 모든 게 무너지려 하고 있었
다.

태원 그룹을 장악하는 일은 물거품이 되어 버렸고 지금은
아랫사람들한테서 제대로 된 인정을 받지 못하고 있었다.

자신을 있게 한 이 권력이 자신을 옭아매려 하고 있었다.

'늙은 게 죄군. 늙은 게 죄야.'

젊었을 때 그는 앞뒤 안 가리고 행동했다.

그야말로 들소나 다름없었다.

그렇지만 나이가 먹고 나니 성격도 온순해졌다.

조금 더 상황을 넓게 보고 안정적으로 움직이고자 했다.

그런데 지금은 그것마저 제대로 되지 않고 있었다.

"빌어먹을. 냉수가 어디에 있더라……."

강해찬은 얼굴을 구기며 자리에서 일어났다. 그리고 그는 거실로 발걸음을 옮겼다.

어기적어기적 발걸음을 옮기던 강해찬이 냉수를 꺼내 들었을 때였다.

인기척이 느껴졌다.

"뭐하는 놈이냐!"

강해찬이 다급히 소리를 질렀다.

그러나 주변에는 아무것도 없었다.

강해찬이 더듬거리며 주변을 뒤적거렸다.

사방이 어두컴컴했다.

불을 켜지 못하게 한 자신의 잘못이 컸다.

"다들 어디에 있는 게냐!"

강해찬이 사람을 불렀다.

평소 자신을 지키는 경호원이 다섯이다.

그런데 어디에도 그들의 흔적이 보이질 않았다.

지척에서 자신을 지켜야 하는 놈들인데 없다는 건 무슨 의미인가.

그때였다.

서늘한 무언가가 머리에 닿았다.

반쯤 벗겨지고 있던 머리에 닿은 그것은 부드럽게 이마를 파고들었다.

마치 누군가 아이스크림 같은 것으로 머릿속을 헤집는 듯한 기분이었다.

그 순간 강해찬은 자신도 모르게 의식을 잃었다.

이미 그의 머릿속은 혼돈으로 잔뜩 뒤엉켜져 버린 상태였다.

잠시 뒤 장형철이 되돌아왔다.

그의 손에는 고급 양주 두 병이 쥐어져 있었다.

"휴, 이래도 되는 건지 모르겠구나."

장형철이 갖고 있는 힘은 강해찬에게서 나온다.

그런 강해찬이 지금 시름시름 앓고 있다.

'결국 이 모든 건 그놈 때문이야.'

박건형.

그자 때문이다.

'그를 죽여야 하는가.'

자신의 아버지는 그의 아버지를 죽였다.

자신도 그를 죽여야 하는가?

장형철이 입술을 깨물었다.

그렇게 저택에 도착했을 때였다.

분위기가 심상치 않았다.

사방을 경찰들이 포위하고 있었다.

장형철이 다급히 달려갔다.

"도대체 무슨 일입니까? 어르신한테 무슨 일이라도 생긴 겁니까?"

장형철이 인파를 헤치며 달려갔다.

그때였다.

웬 경감 한 명이 장형철을 붙잡으며 물었다.

"혹시 장형철 보좌관님 되십니까?"

"예. 제가 장형철입니다. 어르신은 어디 계십니까!"

"……여기 있군. 이 사람을 체포해라. 귀하는……."

장형철이 눈을 휘둥그레 떴다.

그렇지만 이미 그의 손목에는 차가운 수갑이 채워지고 있었다.

장형철은 수갑을 채우고 있는 경찰관을 어리둥절한 얼굴로 바라봤다.

그것도 잠시 그가 구겨진 얼굴로 소리쳤다.

"지금 뭐하자는 겁니까? 경찰관님, 내가 누군지 알고 이러시는 겁니까?"

"장형철 보좌관님 아닙니까?"

"일단 그 손 놓으시죠. 그리고 어르신, 어디에 계십니까?"

장형철 목소리에서 스산함이 느껴졌다.

주변 누구라도 얼어붙게 만들 것 같은 그런 차가운 목소리였다.

그 압박감을 이기지 못한 경찰관이 조심스럽게 입을 열었다.

"강해찬 의원님은 지금 검찰에 계십니다."

"뭐라고 했습니까? 검찰이요? 의원님이 왜 검찰에 가 계신 겁니까?"

"그게 의원님께서 자수하시겠다고 하셨다고. 저도 자세하게는 모릅니다. 그런 이야기를 들었을 뿐입니다."

"그, 그런 일이…… 지금 당장 의원님을 만나야겠소."

"검찰로 함께 가시겠습니까? 어차피 저희도 보좌관님을 데려가야 합니다. 보좌관님도 지금 협박, 살인미수 혐의 등으로 영장을 발부받았습니다."

"……."

장형철은 그 말을 들은 뒤 그 자리에서 주저앉고 말았다.

협박, 살인미수라니.

그들이 법을 그렇게 이용해 왔지만 자신들이 그 법에 당하게 생겨 버린 것이다.

장형철이 얼굴을 굳히며 소리쳤다.

"의원님, 의원님을 뵙게 해 줘! 의원님을 만나야겠어!"

"휴, 이 사람 지금 차에 태워. 대검찰청부터 가 봐야겠다."

결국 그들은 실성한 장형철을 택시에 태운 다음 대검찰청으로 향했다.

그가 원하는 대로 강해찬 국회의원.

그와 대면을 하게 해 줄 생각이었다.

장형철은 대검찰청에 도착한 뒤 강해찬 국회의원을 대면할 수 있었다.

이미 그는 이지가 흐려진 듯 침을 흘리며 눈이 탁 풀린 모양을 하고 있었다.

장형철이 온몸을 바들바들 떨었다.

이런 증상은 하나뿐이다.

뇌 손상.

뇌 손상과 관련이 있는 사람도 한 명뿐이다.

박건형.

그놈 한 명밖에 없다.

자신이 자리를 비운 사이 놈이 강해찬의 자택에 침입했다. 그리고 무언가 이상한 술수를 해 놓고 갔다.

그것이 무엇인지는 알 수 없다.

그러나 한 가지 분명한 건 그게 강해찬 국회의원의 뇌를 손상시켰다는 것이다.

"빌어먹을! 이 개새끼가……."

장형철이 얼굴을 일그러트렸다.

지금이라도 당장 그 빌어먹을 놈을, 박건형을 씹어 먹어 버리고 싶었다.

그러나 그도, 강해찬 국회의원도 힘을 잃어버렸다.

이렇게 미쳐 버린 늙은이를 이제 누가 밀어주겠는가?

게다가 그는 그동안 자신이 저질렀던 모든 비리, 음모, 협박, 강탈 등을 모두 다 털어놓았다.

대검찰청은 난리가 난 상황이었다.

현직 의원이, 그것도 보통 의원이 아니라 6선 국회의원이 자신의 입으로 스스로 부정을 고백하다니.

게다가 얽힌 곳만 해도 굵직굵직한 곳이 수십 군데라서 어떻게 처리해야 할지 엄두가 나질 않는 상황이었다.

얽혀 있는 대표적인 곳이 우선 쌍강에, 국내 굴지의 대기업들은 모두 다 꼬여 있는 데다가 언론, 깡패, 조직 기타 수십 군데가 이해 집산 관계에 포함되어 있었기 때문이다.

일각에서는 강해찬, 그가 미친 게 아니냐는 그런 이야기까지 흘러나오는 중이었다.

결국 이 일은 대통령에게까지 보고됐고 대통령은 여당의 6선 의원 강해찬의 일을 가만둘 수 없다고 생각했다.

그녀 역시 강해찬의 비호를 받으며 대통령까지 오른 사람이었다.

그러나 이제는 슬슬 그의 영향력 아래에서 벗어나야겠다고 마음을 먹고 있었다.

그 와중에 때마침 좋은 일이 터진 것이었다.

그와 함께 대한민국 전역을 강타한 빅이슈가 터져 버렸다.

강해찬 국회의원, 그의 비리가 전국에 널리 알려지게 된 것이었다.

*　　　*　　　*

건형은 텔레비전을 바라봤다.

일은 순조롭게 진행되고 있었다.

장형철과 강해찬.

그들은 파멸을 막지 못할 것이다.

이미 폭주 기관차가 달려가듯 움직이고 있었으니까.

연일 각종 지상파TV나 신문은 강해찬 국회의원의 비리를 다루면서 그와 관련이 있는 모든 곳을 엄중히 처벌해야 한다고 강도 높은 기사를 쏟아 냈다.

그러면서 민심이 바뀌었다.

부패한 정치권, 그런 정치권에 돈을 대는 재벌, 그 재벌들과 붙어먹는 언론.

이들을 향한 민심의 반발은 놀랍도록 무서웠다.

그러면서 하나둘 만신창이가 되어 갔다.

쌍강도 예외는 아니었다.

그들의 주가가 순식간에 폭락했다.

대내외적인 이미지 추락은 피할 수 없는 길이었다.

그러면서 그 자리에 우뚝 솟은 게 태원 그룹이었다.

태원 그룹은 강도 높은 세무 조사를 받았는데도 불구하고 강해찬 국회의원과 연루된 게 아무것도 없다는 게 밝혀지면서 오히려 칭송을 받았다.

정인호 사장이 태원 그룹에 있을 적에 몇몇 비리에 연루되긴 했지만 다른 그룹에 비하면 그건 비리라고 할 것도 아니었다.

그만큼 정용후 회장이 청렴결백하다는 사실이 알려지면서 태원 그룹의 주가가 수직 상승하기 시작했다. 그러면서 태원 그룹은 일약 대한민국의 첫 번째 그룹으로 자리 잡을 수가 있었다.

그러면서 태원 그룹의 대외적인 이미지도 상승했고 태원 그룹이 갖고 있는 기술력도 그만큼 인정을 받게 됐다.

그와 함께 관심을 갖게 된 게 바로 차세대 에너지 기술 분야였다.

차세대 에너지 기술.

그동안 BP 그룹은 인정받고 있었지만 태원 그룹은 인정받질 못하고 있었다.

그런데 이번에 태원 그룹의 대외적인 이미지가 올라가면서 덩달아 그들의 기술력도 인정받게 됐고 그 덕분에 태원 그룹의 차세대 에너지 기술도 확실히 공인받게 된 것이다.

그렇다 보니 향후 출시될 예정인 차세대 에너지 기술이 얼마큼 효과가 있을지 또 효율성은 얼마나 될지 그 여부에 대하여 학자들 사이에서는 갑론을박이 일어나고 있었다.

뿐만 아니라 에너지 관련 분야에 있어서는 독보적인 지위를 갖고 있던 스티븐 윌리엄스 박사의 유작이라고도 할 수 있는 물건이었다.

어마어마한 관심이 쏠릴 수밖에 없는 게 사실이었다.

그렇게 세상의 관심이 태원 그룹에게 쏠려 있을 때 문제가 터졌다.

건형은 뒤늦게 관련된 보고를 확인하고 얼굴을 일그러트렸다.

유치장에 갇혀 있던 장형철.

그가 탈출해 버린 것이다.

뒤늦게 온 보고에 건형은 다급히 경찰서로 향했다.

며칠 뒤 그는 교도소로 이감될 예정이었다.

그런데 그사이에 유치장을 뚫고 도망친 것이다.

그리고 유치장에 도착한 건형은 무슨 일이 일어났는지 알 수 있었다.

"왜 못 막았는지 알 수 있을 것 같군."

유치장에는 무슨 폭발이 일어난 것처럼 산산조각 부서져 있었고 철창이 녹아 그 녹은 액체가 바닥으로 흘러내리고 있었다.

"이 흔적은 분명히……."

건형은 말을 아꼈다.

이것은 자신의 짐작이 맞다면 초인의 것이었다.

'설마 일루미나티가 장형철을 구해 간 걸까? 그러나 장형철은 그들한테 별다른 가치가 없을 텐데?'

장형철은 이미 끈 떨어진 연이다.

장형철이 힘을 발휘할 수 있던 건 어디까지나 강해찬 국회의원이 있을 때뿐이었다.

지금 그는 아무런 힘도 발휘할 수 없는 백수 신세가 되어 버렸다.

일루미나티가 그를 도울 이유가 있을까?

문득 그때 다른 생각이 들었다.

'초인으로 강제로 변화시킬 수 있는 그런 게 있다면?'

만약 그런 게 있다면 장형철 본인 힘으로 탈출하는 것도 가능할 것이다.

'그럴 경우 어디부터 갈까?'

힘을 얻은 장형철.

어디로 갈까?

복수를 하려 할 게 분명하다.

삼십 년 넘게 모셔 온 사람이 정신을 놓고 미쳐 버렸다.

하늘처럼 여기던 강해찬의 몰락.

그것이 장형철에게 무슨 감정을 가져다줬을까.

그리고 그가 선택할 길은?

일단 그는 지혁에게 전화를 걸었다.

"형, 장형철이 사라졌어요. 알고 있어요?"

[그래, 알고 있지. 그런데 그놈이 갑자기 바뀌었어. 그놈을 최우선 타겟으로 잡고 추적 중이었는데 그 추적이 끊겼어. 그 경찰서 이후로는 어디로 갔는지 아르고스도 몰라.]

"알았어요. 나중에 다시 연락할게요."

완전기억능력이 건형의 머릿속을 헤집었다.

어디로 갔을지 최대한 빨리 찾아내야 했다.

그러나 생각이 미치는 건 하나뿐이었다.

복수를 원하는 그가 찾을 곳은.

자신이 가장 사랑하는 사람이 지내고 있는 곳이다.

그가 향할 곳은 단 하나, 자신의 집밖에 없다.

"빌어먹을!"

건형은 다급히 경찰서를 빠져나왔다. 그리고 집으로 향해 내달리기 시작했다.

순식간에 그의 온몸이 흐려지기 시작했다.

마치 빛이 알갱이가 되어 흩뿌려지는 듯했다.

그렇게 그는 삽시간에 시내를 질주해서 집 앞에 이르렀다.

"하아, 하아."

거칠게 숨을 내쉬며 건형은 집 안으로 들어갔다.

집 안은 고요하기 이를 데 없었다.

'오늘 지현이가 회사에 나갔던가?'

지현이는 다음 앨범으로 출시할 곡을 모두 녹음을 끝냈다고 했다.

그래서 당분간은 집에서 쉴 거라고 했었다.

그러나 오늘 하루만큼은 집에서 쉬는 게 아니라 바깥으로 나갔길 바랐다.

쿵쾅쿵쾅—

심장이 방망이질 치듯 거세게 울렸다.

그러나 그는 아무 소리도 내지 않고 2층으로 발걸음을 옮겼다.

지현이 작업실로 쓰는 곳은 2층에 자리 잡고 있었다.

그렇게 숨소리마저 죽여가며 2층에 도착한 건형은 지현의 방문을 열어젖혔다.

그러나 방 안에는 아무도 없었다.

책상에는 건형이 여행 갔을 때 선물로 사 준 고급 만년필만 덩그러니 놓여 있었다.

"지, 지현아."

그때였다.

뒤에서 누군가 건형에게 안겨 들었다.

순간적으로 건형이 방심한 틈을 탄 것이다.

건형이 다급히 몸을 돌렸다. 그리고 그대로 온몸을 휘둘러서 주먹을 뻗으려 할 때였다.

그때 자신에게 안긴 사람의 얼굴이 눈에 들어왔다.

그녀는 지현이었다.

"지, 지현아."

"오빠, 놀랐어요?"

"……지, 집에 있었어?"

"치, 내 말을 뭐로 들은 거예요! 당분간 집에 있을 거라고 했잖아요! 너무하는 거 아니에요? 내 말은 꼬박꼬박 들어준다고 했으면서 그거 다 거짓말이었어요?"

"아, 아니. 그게 아니라……."

건형이 손사래를 치며 말했다.

"장형철이 탈옥했다고 들어서 이곳에 온 게 아닌가 했거든."

"장형철이면……강해찬 국회의원 보좌관 역할 맡고 있는 그 사람 말하는 거예요?"

"응, 맞아. 그 사람이 유치장을 탈출했다고 해서 찾아가

봤더니 초인의 능력을 얻은 거 같았어. 아니면 초인이 도와 줬다거나. 그런데 초인이 그 사람을 도울 이유는 없잖아. 그러니까 그 사람이 초인의 능력을 흡수했을 가능성이 다분히 크다는 거지."

"⋯⋯그럴 수도 있겠네요. 그래서 바로 여기로 달려온 거예요?"

"응. 네가 위험할 수 있으니까."

"⋯⋯그런데 저는 그런 사람을 본 적이 없어요."

건형이 머리를 굴렸다.

지현에게 오진 않았다고 했다.

그러면 그는 어디로 간 것일까?

지금 당장 그가 바라는 건 하나다.

복수.

강해찬을 그렇게 만든 자신에게 복수하고 싶어 할 것이다.

그러나 자신을 정면으로 상대하진 않을 것이다.

그는 그럴 만한 사내였다.

그렇다면 어디로 간 것일까.

그때였다.

아버지 일이 떠올랐다.

그의 아버지는 자신의 아버지를 뺑소니 사고로 살해했다.

가족을 앗아 갔다.

그리고 자신에게는 가족이 더 남아 있다.

그는 건형이 가장 사랑하는 사람이 아닌 건형을 가장 사랑하고 있는, 가족에게로 간 것이다.

어머니와 여동생.

거기까지 생각이 미쳤을 때.

건형으로서는 그저 미친 듯이 움직이는 방법뿐이 없었다.

건형은 가족이 살고 있는 집으로 다급히 향하려 했다.

지현이 그런 건형을 가까스로 붙잡았다.

"오빠, 무슨 일이에요?"

"급해. 갔다 와서 설명할게."

"도대체 무슨……."

그러나 건형은 기다릴 여유가 없었다.

1분 1초가 중요했다.

그렇게 건형은 어머니와 여동생이 살고 있는 집으로 향했다.

건형이 사라진 뒤 지현은 다급히 매니저인 김정호 실장한테 연락을 취했다.

"오빠, 부탁 좀 들어줘요."

[응? 무슨 일이야?]

"건형 오빠가 무슨 일이 있는 거 같아요. 지금 급하게 뛰어갔는데 안 좋은 일인 듯해요. 그러니까 오빠가 건형 오빠 좀 찾아 줘요."

[이사님이? 알았어. 한번 찾아볼게.]

"고마워요, 오빠. 저도 알아내는 대로 연락드릴게요."

그리고 지현은 곧장 지혁에게 연락했다.

"여보세요?"

[어, 지현이야? 무슨 일 있어?]

"오빠가…… 무슨 일이 있나 봐요. 어떻게 된 거예요?"

[장형철이 탈옥했다는 이야기는 들었어?]

"네, 들었어요. 그런데 그게 무슨 일이에요?"

[장형철 아버지가 뺑소니 사고를 일으킨 건?]

"……알고 있어요."

[그래서 그놈이 탈옥하자마자 건형이가 너한테 달려간 거 같아. 해코지를 할 거라고 생각한 모양이야. 그런데 너가 해코지를 당한 게 아니라면…….]

"……설마."

지현이 눈을 휘둥그레 떴다.

그녀하고 지혁이 생각하는 게 일치했다.

짐작이 맞다면 장형철, 그는 건형의 어머니와 여동생에게 달려갔을 것이다.

복수를 하기 위해.

"어떻게 해야 하죠?"

[아무것도. 네가 괜히 나서면 상황이 더 위험해질 수도 있어. 너까지 인질로 잡히면 안 돼. 그랬다가 건형이 잘못되기라도 하면 나는, 너라도 용서 안 한다.]

"……."

[그러니까 가만히 있어. 김 실장한테 연락한 것도 취소하고.]

"그것도…… 알고 있었어요?"

[그래. 나는 건형의 주변 일은 모두 다 감시하고 있어. 건형이를 지키는 게 내 임무야. 성철 형님을 지키지 못한 내 속죄이기도 하고. 그러니까 지켜보면 돼. 건형이는 이 세상에서 가장 능력 있는 남자니까.]

결국 지현은 그 말에 수긍할 수밖에 없었다.

힘들고 어려운 일도 함께 나누기로 했는데 지금 당장 그럴 수 없는 자신이 속상했다.

건형에게 힘이 되어 주고 싶었는데.

그러지 못해서 서글프고 아쉬웠다.

그러나 지금은 지혁 말을 따라야 했다.

지현은 전화를 끊자마자 김정호한테 연락해서 건형 찾는 걸 멈춰 달라고 부탁했다. 그리고 그녀는 집 안에서 조용히 기도를 올리기 시작했다.

제발 건형과 건형의 가족이 다치지 않길 바라면서.

한편 부리나케 달려온 건형은 곧장 집 안으로 들어섰다.

현관문은 열려 있었다.

인기척은 없었고 조용하기만 했다.

'어머니는? 여동생은?'

둘 다 보이질 않았다.

그는 매섭게 사방을 훑었다.

그때 무언가 부자연스러운 게 느껴졌다.

잔뜩 어지럽혀진 집 안을 누군가 뒤늦게 청소한 그런 느낌.

건형은 다시 한 번 전화를 걸었다.

여기 오면서 수차례 전화를 걸었지만 두 사람 모두 받질 않았다.

지혁도 계속해서 확인을 하고 있었지만 연락 두절이 된 상태였다.

'도대체 누가…… 설마 일루미나티가 개입한 것이라면.'

만약 그렇다면?

뉴욕을 통째로 날려 버릴 수도 있다는 생각이 들었다.

그만큼 지금 건형은 화가 끝까지 난 상태였다.

그렇게 건형이 상황을 냉정하게 살피려 할 때였다.

스마트폰이 울렸다.

전화를 건 것은 바로 지혁이었다.

"예, 형. 어떻게 됐어요?"

[찾았다. 진짜. 아르고스가 찾아냈어.]

"정말요? 어디에 있어요?"

[그게…… 한강 쪽이야.]

"한강요?"

[그래. 그쪽에 오래된 건물이 하나 있는데 그 안에 있는 거 같다. 빨리 가 봐. 나도 지금 올라가고 있으니까.]

"아르고스는요?"

[스마트폰으로 연동시켜 놨어. 네 스마트폰에서도 작동할 거야. 그것으로 확인하면서 움직여.]

"고마워요, 형. 조심히 올라와요."

[그래. 그리고 지현이는 움직이지 말라고 해 뒀다. 지현이까지 움직였다가 무슨 일 생기면 네가 폭발할 게 뻔하니까.]

"……고마워요."

세심하게 챙겨 준 지혁에게 건형이 할 수 있는 말은 고맙다는 말뿐이었다.

　지혁이 이야기한 곳은 한강이 내려다보이는 낮은 언덕 위
에 있는 폐건물이었다.

　한때 교사로 사용했던 이 건물은 불타고 망가져서 지금은
거의 폐허가 된 지 오래였다.

　몇 년 전 재건축 허가를 받고 이곳에 건물을 새로 올리려
했는데 그게 중간에 유야무야되면서 지금은 반쯤 방치된 상
태였다.

　건형은 면밀히 기감을 높이며 주변을 훑었다.

　그럴 때 2층 한 교실에서 인기척이 느껴졌다.

　인기척은 모두 세 개였다.

　'장형철, 그놈인가?'

　장형철이 어머니와 여동생을 데리고 같이 있는 게 아닌가
싶었다.

　건형은 조심스럽게 안쪽으로 발걸음을 옮겼다.

　기척을 숨긴 채 이동하던 그는 인기척이 느껴지는 교실
앞에 멈춰 섰다.

　그 안에는 어머니와 여동생이 기절한 채 쓰러져 있었다.
그리고 장형철이 아닌 웬 이상한 사내가 담배를 피우고 있

었다. 자욱한 연기가 교실 안을 메우고 있었는데 처음 보는 얼굴이었다.

'도대체 저놈은 누구지?'

그때였다.

근처에서 인기척이 또 나기 시작했다.

건형이 조심스럽게 숨어들었다.

자동차 여러 대가 속속 들어오고 있었다.

그러더니 그 안에서 한 사내가 내렸다.

그는 장형철이었다.

무시무시한 기세를 뿜어내고 있는 녀석은 잔뜩 인상을 구기고 있었다.

그런 다음 그를 따라서 내린 건 근사한 신사였다. 그리고 건형은 그의 얼굴을 기억하고 있었다.

'아담…… 록펠러?'

그는 아담 록펠러였다.

록펠러 가문의 수장이자 한때 그랜드 마스터의 명령을 받아 자신을 만나러 한국까지 왔던, 삼각위원회의 삼각 수장 중 한 명.

그가 장형철과 함께 여기 모습을 드러낸 것이었다.

'빌어먹을 놈들.'

결국 예상했던 일이 터지고 말았다.

일루미나티가 장형철과 손을 잡은 것이다.

'지금 손을 잡은 것일까? 그 이전부터 손을 잡고 있던 건 아닐까?'

머릿속이 복잡해졌다.

그럴 가능성도 충분히 있었다.

그들의 관계는 꽤 돈독해 보였다.

서로 웃으면서 교사 안으로 들어오려 하고 있었다.

그 전에 가족부터 구해 내야 했다.

건형은 교실 안으로 급습해 들어갔다.

담배를 피워 대던 놈이 눈을 휘둥그레 떴다.

"너, 너는 누……."

그가 채 말을 끝내기도 전에 건형이 그를 기절시켰다.

단숨에 상대를 제압한 이후 건형은 가족들의 상태를 확인했다.

여동생과 어머니.

두 사람 모두 겉으로 볼 때 다친 데는 없었다.

그러나 무슨 일을 겪었을지 알 수 없는 일.

건형은 초인적인 힘으로 두 사람을 들어 올렸다.

그런 다음 빠른 속도로 교사를 벗어나기 시작했다.

놈들이 오기 전 일단 가족들부터 이곳에서 멀리 옮겨야
했다.

그러나 한편으로는 무언가 이상했다.

장형철이, 이렇게 허술하게 작업을 해 둘리 없었다.

그는 항상 철저하게 움직이던 편이 아닌가.

'무언가 있어. 숨겨 둔 무언가가.'

그 순간이었다.

살기가 느껴졌다.

그 살기는 먼 데서 느껴지는 게 아니었다.

지척에서 느껴지고 있었다.

건형이 다급히 몸을 돌렸다.

그 순간 목에 차가운 무언가가 닿는 게 느껴졌다.

그가 주춤거리며 물러났다.

그 순간 차가운 눈빛을 하고 있는 여동생이 입술을 깨물
었다. 그녀는 손에 날카로운 단검을 쥐고 있었다.

건형이 목에 손을 가져다 댔다.

축축한 느낌.

핏방울이 맺혀 있었다.

자칫 조금이라도 반응이 늦었으면 목이 베일 뻔했다.

'도대체 어떻게…….'

그 순간 두 사람이 흐물흐물해졌다.

그러더니 서서히 모습이 뒤바뀌었다.

그와 함께 나타난 건 처음 보는 여자 두 명이었다.

'일루미나티인가?'

그녀 두 명 모두 초인이었다.

어떻게 한 건지 모르겠지만 그들은 자신의 가족으로 위장하고 있었다.

장형철.

그자가 이것을 모두 노리고 계획한 게 틀림없었다.

'빌어먹을.'

그때였다.

짝짝짝—

박수갈채가 들렸다.

고개를 돌려 보니 아담 록펠러가 환한 미소를 지어 보이고 있었다.

"역시 완전기억능력자답군. 대단해. 대단하고말고."

"아담……."

"오랜만이군. 완전기억능력자, 미스터 팍."

아담 록펠러의 옆에는 장형철이 차가운 눈빛으로 건형을 노려보고 있었다.

건형이 스산한 눈빛으로 두 사람을 노려봤다.

"내 가족은, 어디에 있지?"

심장을 꿰뚫고 영혼을 울리는 목소리가 쏟아졌다.

그 목소리는 너무나도 소름 끼칠 정도여서 마치 악마가 부르는 듯한 목소리처럼 느껴질 정도였다.

"가족을 찾고 싶나? 그러면 순순히 우리 조건을 따르는 게 어떻겠나?"

"조건? 그게 무엇이지?"

아담 록펠러가 잔혹한 얼굴로 입을 열었다.

"그 능력, 그 능력을 없애면 가족들을 돌려주지. 통장에도 적지 않은 돈이 있을 텐데 그거면 삼대가 놀아도 먹고 살 수 있지 않겠나? 어떤가?"

"……."

"하하, 거절한다면 영영 자네 가족은 볼 수 없게 될 거야."

그를 바라보며 건형은 처음으로 누군가를 죽이고 싶다는 살의를 그 어느 때보다 강렬하게 느끼게 됐다.

그 순간 그 살의는 폭발적으로 사방을 향해 뻗어 나갔다. 그러면서 주변에 서 있던 모든 사람들이 우두커니 굳어져 버렸다.

뇌의 활동이 멈추면서 일순간 뇌사 상태로 빠져 버린 것이다.

건형이 만들어 낸 엄청난 힘이 삽시간에 그들 모두의 뇌를 얼어 버리게 만들었다.

그것은 피아를 구분하지 않는 힘이었다.

만약 여기 지혁이나 지현이 있었으면 어떻게 됐을까?

아마 그들도 이 힘에 휘말렸을 가능성이 컸다.

건형은 거칠게 숨을 내쉬었다.

그리고 그는 주변을 돌아봤다.

아담 록펠러와 장형철을 포함한 모든 사람들이 굳어 있었다.

"도대체 이게 어떻게 된 거야?"

건형은 이해할 수 없는 얼굴로 그들을 바라봤다.

그것도 잠시 그는 가족을 다시 찾기 위해 주변을 훑기 시작했다.

아직 이곳 어딘가에 가족이 있을 공산이 컸다.

그리고 건형이 사라진 뒤 적지 않은 시간이 지난 뒤에야 아담 록펠러가 정신을 차렸다.

그는 가까스로 뒤로 물러났다.

무언가 사특한 것이 이 주변을 가득 맴돌고 있었다.

그리고 그 안에 갇혀 있는 사람들 모두 깨어나지 못한 채 그대로 석상처럼 굳어져 있었다.

'이, 이게 완전기억능력의 진정한 힘?'

그랜드 마스터에게 들었던 말이 떠올랐다.

그는 어떤 식으로든 건형을 끝까지 자극해서 그의 모든 힘을 깨워 내라고 했었다.

그래서 그는 장형철에게 일시적으로 초인이 될 수 있는 약을 건넸고 그에게 건형의 가족을 납치하게끔 했다.

이후에 그를 자극해서 그의 모든 힘을 끌어내고자 했다.

그러나 그렇게 하다가 자신도 죽을 뻔했다는 건 이제야 뒤늦게 알게 됐다.

그것을 경고하지 않은 그랜드 마스터.

아담 록펠러가 얼굴을 구겼다.

하지만 왜 그랜드 마스터가 그런 명령을 내린 것인지 알 수 없었다.

건형을 자극해 봤자 그들에게는 아무 이득도 없는데 무슨 생각으로 그런 일을 지시한 것인지 납득이 어려웠다.

'도대체 왜…….'

그리고 그사이.

하늘을 올려다보던 그랜드 마스터가 입가에 미소를 그렸다.

다른 사람들은 못 느꼈겠지만 그는 알 수 있었다.

잠시 동안 엄청난 양의 에너지 파장이 동아시아 쪽에서 일어났다는 것을.

'드디어 스위치가 켜졌군. 이제 남은 건 시간을 버는 것인가?'

그랜드 마스터, 그는 그 어느 때보다 즐겁게 웃음을 터트리고 있었다.

Chapter. 08

　그랜드 마스터의 속셈을 알지 못하는 건형, 그는 가족들
의 흔적을 뒤쫓고 있었다.

　가족들이 어디에 있는지 찾아내야 했다.

　발 빠르게 움직이며 건형은 주변을 훑었다.

　어디에 가족이 있을지, 최대한 빠른 시간 안에 찾아야 했
다.

　아까 전 자신이 어떻게 한 것인지 그것은 건형 본인도 모
르고 있었다.

　그저 자신의 몸에서 흘러나온 무언가가 주변에 있는 모든

사람들을 일제히 얼려 버렸다는 것 정도?

그 정도만 지금 느꼈을 뿐이다.

언제 아담 록펠러나 장형철이 다시 깨어날지 알 수 없는 일이었다. 그리고 건형은 계속해서 주변을 수색한 끝에 텅 비어 있는 공사장에 갇혀 있는 가족들을 찾아낼 수 있었다.

"어머니, 아영아. 괜찮아?"

"오빠. 도대체 이게 어떻게 된 거야?"

뒤늦게 풀려난 아영이 놀란 얼굴로 건형을 바라보며 물었다.

건형이 한숨을 내쉬며 말했다.

"미안하다. 이게 나 때문이다."

"……도대체 아까 그 사람은 누구야? 우리 납치한 사람 말이야."

"장형철이라고. 길게 설명하려면 시간이 너무 오래 걸리고. 어쨌든 일단 이곳부터 벗어나자. 어머니는?"

"나는 괜찮다. 일단 여기가 어디가 됐든 집으로 가자꾸나."

"예, 어머니."

그리고 건형은 두 사람을 데리고 근처에서 택시를 잡아 탔다.

그런 다음 그가 향한 곳은 지현과 함께 살고 있는 집이었다.

어머니는 두 사람이 신혼 방으로 쓰고 있는 집에 불쑥 이렇게 오게 된 게 미안한 듯했지만 지금으로서는 이게 최선의 방법이었다.

그렇게 집에 도착하자 놀란 얼굴로 지현이 물었다.

"어머니? 아영아. 도대체 이게 어떻게 된 거예요?"

"휴, 자세한 건 있다가 말해 줄게."

일단 정신적인 충격이 큰 듯한 어머니부터 침대에 눕힌 다음 건형은 한숨을 돌렸다.

그런데 머리가 아까부터 계속해서 지끈거렸다.

과도하게 능력을 써서일까?

온몸이 좋지 않았다.

팔다리가 저렸고 심장이 쿵쾅쿵쾅거리고 있었다.

'너무 피곤하다.'

건형은 자신도 모르게 그대로 침대에 쓰러져 버렸다.

더 이상 버티기가 힘들었다.

한편 건형의 어머니를 돌보다가 조심스럽게 안방으로 들어온 지현은 죽은 듯 쓰러져 있는 건형을 쳐다봤다.

온몸은 싸늘하게 식어 있었고 숨을 쉬는 건지 쉬지 않는 건지 파악이 어려울 만큼 건형의 상태는 좋지 못했다.

어떻게 해야 고민하던 지현은 지혁에게 전화를 걸었다.

한참 뒤 통화가 연결됐다.

"지, 지혁 오빠. 저예요."

[건형이는? 건형이 연락은 됐어?]

"건형 오빠는 지금 집에 왔어요."

[건형이네 가족은? 어떻게 됐어?]

"어머님하고 아영이, 두 분 모두 지금 집에 있어요. 어머님이 약간 정신적인 충격을 받긴 했지만 지금은 괜찮아진 상태예요."

[휴, 다행이다. 다행이야. 무슨 일 있나 노심초사했는데 잘 풀렸어.]

"그런데 오빠 상태가 이상해요."

[그건 또 무슨 소리야?]

"오빠 온몸이 차가워요. 그리고 죽은 것처럼 숨을 쉬질 않고 있어요."

지현 말에 지혁이 입술을 깨물었다.

어떻게 된 것인지는 그도 모른다.

그렇지만 이야기만 들어 보면 건형의 상태는 지금 최악에 가까워 보였다.

[기다리고 있어. 지금 바로 달려갈 테니까.]

지혁은 전화를 끊은 뒤 바쁘게 움직였다.

차에 시동을 킨 다음 곧장 서울을 향해 빠르게 움직였다.

그러는 한편 급히 전화를 걸었다.

자신이 아는 모든 의사들한테 어떻게 된 일인지 알아볼 생각이었다.

그때 아담 록펠러는 상황을 살피고 있었다.

자신을 포함한 수많은 사람들이 얼어붙었었다.

지금 깨어난 건 자신 한 명뿐.

다른 사람들은 여전히 굳어져 있는 상태였다.

아까 전 건형이 발산했던 기파.

그리고 살의.

그것은 모든 사람들은 꽁꽁 얼어붙게 만들었다.

자신은 깨어났지만 남은 사람들은 깨어날 수 있을지 알수 없었다.

그때였다.

둥그스름하게 퍼져 있던 사특한 무언가가 조금씩 줄어들기 시작했다. 그리고 그것이 줄어들 때마다 그 안에 갇혀 있던 사람들이 하나둘 깨어났다.

아담 록펠러는 모든 사람들이 깨어나기 시작하자 우선 장형철을 붙잡았다. 그런 다음 그를 포박했다.

장형철이 눈을 부릅뜨고 아담 록펠러를 노려봤다.

"왜 나한테 이러는 것이요! 나는 당신이 하라는 대로 전부 다 했소!"

"그건 만족스러웠네. 이제 다른 용도로 자네를 써먹을 방법을 생각해 봐야 하니까 그때까지는 가둬 둬야겠지. 우리의 소중한 재산이 투입된 게 바로 자네니까."

"……말도 안 돼! 나를 놔줘! 나는 복수를 해야 한단 말이다!"

그러나 아담 록펠러는 그를 풀어 줄 생각이 전혀 없었다.

그렇게 장형철을 포박한 다음 다시 한 번 기절시킨 뒤에야 아담 록펠러는 그랜드 마스터에게 연락을 취했다.

"그랜드 마스터, 시키는 대로 전부 다 했습니다만 왜 그렇게 하신 것인지 알 수 있겠습니까?"

[후훗. 아담, 잘했네. 역시 자네는 최고야.]

"그런데 왜 그렇게 한 겁니까?"

[완전기억능력은 어디를 쓰는 능력인가?]

"당연히 뇌 아닙니까? 뇌를 학대하다시피 하는 능력이

죠. 그게 이것과 무슨 관계가 있습니까?"

[그래, 완전기억능력은 뇌를 혹사하는 능력이지. 그런데 그 완전기억능력을 지나치게 혹사하면 어떻게 되겠나?]

"음, 뇌에 과부하가 생길 경우를 말하시는 겁니까? 당연히 뇌에 적지 않은 충격이 생길 테죠."

[그래, 그거야. 그렇게 뇌를 계속 혹사하다 보면 언젠가 갑자기 본인도 모르게 망가지게 되는 거지.]

"……그러면 지금 박건형이?"

아담 록펠러가 의아한 얼굴로 물었다.

그랜드 마스터가 미소를 지어 보이며 입을 열었다.

[그래. 내가 원하는 대로 그렇게 된 거지.]

그랜드 마스터의 계획.

모든 게 바로 그 계획대로 된 것이었다.

건형은 좀처럼 깨어나질 못하고 있었다.

지현이 계속해서 그를 간호하고 있었지만 그럼에도 불구하고 건형은 별다른 차도를 보이지 못하고 있었다.

"도대체 어떻게 된 거예요? 오빠, 무슨 문제예요?"

"……우리 오빠한테 무슨 일 있어요?"

아영이 조심스럽게 문을 열고 안으로 들어왔다.

지현이 말했다.

"나도 잘 모르겠어⋯⋯무슨 문제가 생긴 거 같아. 아직도 깨어나질 못하고 있어."

"오빠? 오빠! 어떻게 된 거야?"

아영도 건형에게 다가갔다.

그런데 건형은 아무런 반응도 보이질 않고 있었다.

그때였다.

문이 벌컥 열리는 소리가 들렸다.

지현이 당황해할 때였다.

"지현아, 어디야? 건형이는?"

"아, 지혁 오빠. 여기예요."

지혁이 온 것이다.

적지 않은 거리인데도 불구하고 이렇게 달려와 준 지혁이 그렇게 고마울 수가 없었다.

아영이가 어색하게 지혁을 맞이했다.

"안녕하세요."

"예, 반갑습니다. 박아영 양 맞으시죠?"

"예. 오빠한테 이야기 많이 들었어요."

예전에 아영이 친구를 찾을 때 지혁이 적지 않은 도움을 준 적이 있다.

아영은 여전히 그때 그것을 기억하고 있었다.

"건형이를 잠깐 살펴보겠습니다."

지혁은 건형에게 다가가서 그의 상태를 꼼꼼히 체크하기 시작했다.

확실히 동공의 반응이 없었다.

온몸은 얼음장보다 더 차가웠고 영영 깨어나지 않을 사람처럼 느껴지고 있었다.

'아무래도 이건 위험해 보인다.'

마치 동면에 들어가는 것처럼 건형의 신진대사는 전부 다 멈춰진 상태였다.

이대로 영영 깨어나지 못하고 죽는 건 아닌지 그게 우려스러웠다.

"이대로라면 어떻게 해도 해결할 방법이 없어."

그렇다고 해서 의사한테 맡긴다는 것도 어려운 일이다.

건형의 상태는 다른 사람들과 많이 다르다.

의사들한테 맡겨 봤자 그들은 제대로 진찰하지 못할 게 분명하다.

그럴 바에는 그들에게 도움을 요청해야 할 것 같았다.

일루미나티와 대립하고 있는 두 곳의 단체 중 하나, 르네상스.

그들이 유일하게 남은 희망이었다.

지혁은 시간을 질질 끄는 사람이 아니었다.

필요한 일이 있으면 속전속결로 해결하는 사람이었다.

그는 르네상스가 필요하다는 생각을 하자마자 곧장 연락을 취했다.

얼마 지나지 않아 연락이 왔다.

그에게 전화를 해 온 건 노먼 커널트, 건형과 친분이 있는 르네상스 소속의 마법사였다.

그는 연락을 받자마자 다급히 건형의 집으로 왔다.

금발에 매부리코 사내가 들어오자 건형의 가족과 지현이 그를 일제히 쳐다봤다.

지금 그들이 믿을 수 있는 건 그 사람, 한 명뿐이었다.

안방에 들어온 뒤 노먼 커널트는 건형을 꼼꼼히 확인하기 시작했다.

그리고 오랜 시간 관찰하던 노먼 커널트가 한숨을 길게 내쉬며 말했다.

"상태가 많이 좋지 않습니다."

"자세하게 설명을 해 주십시오. 어떻게 된 겁니까?"

"아무래도 근래에 뇌력을 급격히 써야 할 일이 있었나 봅니다. 그리고 그 일 때문에 머리에 과부하가 걸렸습니다. 이것은 시간으로 해결될 문제가 아닙니다."

"그러면 어떻게 해야 합니까?"

"……지금 상황으로만 본다면 르네상스로 옮겨야 할 거 같습니다."

"르네상스로요? 그것으로 이송할 수 있겠습니까?"

"우리 르네상스의 전용기가 있습니다. 그 전용기로 이송 하면 됩니다."

"……후, 그래서 어떻게 치료를 하는 겁니까?"

"우리 르네상스에 있는 대마법사께서 박건형 씨를 치료 해 줄 겁니다. 박건형 씨는 BP 그룹의 전략적 제휴 파트너 이자 우리 르네상스의 파트너이기도 합니다. 그분들께서 충 분히 도움을 주실 수 있을 겁니다."

"……알겠습니다. 그렇게 해야 한다면 그러는 수밖에요."

그때였다.

지현이 다급히 말했다.

"저도 같이 갈 수 있을까요?"

"예? 지현 씨가요?"

"네. 저도 같이 가고 싶어요."

"……."

고민하던 노먼 커널트가 고개를 끄덕였다.

"사랑하는 연인이 근처에 있다면 도움이 될 수 있겠죠. 알겠어요. 그렇게 하죠."

"고마워요. 정말 고마워요."

"……너 노래는 어떻게 하려고? 소속사 허락 안 받고 가도 돼?"

"괜찮아요. 별문제 없을 거예요."

지금 지현한테 중요한 건 다른 게 아니었다.

소속사의 허락 따위는 중요하지 않았다.

그보다 더 중요한 건, 건형을 보살피는 일이었다.

그동안 건형이 자신을 도와줬듯이 자신도 그를 도와줘야만 했다.

결국 건형은 르네상스로 이송하기로 최종 결정이 났다.

영국에서 전용기를 보내왔고 그 전용기로 이송하게 된 것이다.

그동안 건형이 의식을 잃고 쓰러진 건 어디에도 알려지지 않았다.

극소수의 사람들만에게만 알려졌을 뿐이다.

그리고 건형은 곧장 런던에 있는 르네상스의 본거지로 옮겨졌다.

지현이 불안한 눈빛으로 주변을 둘러보고 있을 때였다.

한 사람이 두 사람이 머무르고 있는 곳에 들어왔다.

그 사람은 하얀색 면사포를 쓰고 있었다.

"누구시죠?"

"이분을 치료하려고 왔어요."

"……믿을 수 있는 분인가요?"

"예, 그럼요."

맑고 영롱한 목소리에 지현은 자신도 모르게 마음을 놓을 수 있었다. 그리고 그녀가 면사포를 걷어 젖혔다. 그와 함께 아름다운 외모가 눈부신 빛을 뿜어냈다.

아무리 봐도 이십 대 초반쯤 되어 보이는 미소녀.

그녀가 건형을 치료하기로 한 바로 그 대마법사였다.

지현은 떨리는 얼굴로 그녀를 쳐다봤다.

여태 지현은 자신이 예쁘지 않다고 생각해 본 적이 한 번도 없었다.

나름대로 본인의 미모에 자신감을 갖고 있었다.

팬들도 많았고 주변 사람들도 외모를 칭찬하기에 바빴으니까.

그렇지만 오늘 이 미소녀를 만난 순간 그런 생각이 송두리째 날아갔다.

그녀는 신이 심혈을 기울여서 24시간, 1년 내내 공들여

조각한 조각상을 보는 것만 같았다.

지현은 불편한 얼굴로 그녀를 쳐다봤다.

그녀는 어째서인지 계속해서 건형의 얼굴을 쓰다듬고 있었다.

"……괜찮은 건가요?"

"물론이에요. 걱정하지 않으셔도 돼요. 잠시만 릴렉스해주세요."

그녀가 방긋 미소를 지어 보였다. 그러고는 자신의 마력을 건형에게 불어 넣기 시작했다.

그럴 때마다 썩은 고목나무 같던 건형의 몸 상태가 조금씩 호전되었다.

괜히 그녀가 대마법사라고 불리는 게 아닌 모양이었다.

그렇지만 그 이후 작업은 대단히 지루한 것이었다.

거의 열 시간이 넘게 그녀는 계속해서 건형을 어루만지고 있었다. 처음에는 눈을 부라리며 노려보던 지현도 나중에는 그러려니 하며 졸린 눈으로 그녀를 바라볼 뿐이었다.

그리고 마침내 열한 시간 정도가 지나갈 무렵 그녀가 미소를 지으며 말했다.

"이제 그는 괜찮아질 거예요. 깨어나려면 시간이 조금 더 걸리겠지만 이 정도면 많이 좋아졌다고 봐도 무방해요. 만약 하루라도 더 늦었으면 그를 살리기 무척 힘들었을 거예요."

"왜 이렇게 된 거죠?"

"뇌를 너무 무리해서 써 왔어요. 완전기억능력자라고 해도 뇌를 과부하해도 된다는 건 아니거든요. 그 능력을 남용한 게 컸어요. 그리고 누군지 확답을 드릴 수는 없지만 그의 뇌를 자극하기 위해 이상한 걸 동원했어요. 그것 때문에 뇌가 더 과부하됐다고 봐야 해요. 그러면 내 치료는 끝났으니까 저는 이만 돌아가 봐야겠어요."

"도대체, 누구시죠?"

"호호, 제가 누군지 궁금하신가요. 하긴 반나절 내내 그렇게 저를 노려보셨으니까 알려드려야겠군요. 저는 르네상스를 오래전부터 실질적으로 다스려온 안주인 되는 사람이에요."

"……오래전부터라고 하셨어요?"

"예, 맞아요. 겉모습은 이래 보여도 마법사의 나이는 변화무쌍하죠. 호호, 제 나이가 몇 살처럼 보이죠?"

지현이 눈살을 찌푸렸다.

말해 봤자 너무 뻔했다.

기껏해야 십 대 소녀로 보이는 외양이다.

그런데 오래전부터 르네상스를 실질적으로 다스려왔다고?

그러면 이 사람의 남편은?

아니, 애초에 몇 살인 거야?

머릿속이 헝클어졌다.

그녀가 배시시 웃으며 대답했다.

"삼백 살이 약간 넘었어요. 호호, 너무 나이가 많은가요?"

"아, 아니에요. 괜찮아요."

지현은 본인이 괜찮다고 말하면서도 왜 괜찮다고 말해야 하는지 순간 이해할 수 없었다. 자신도 모르게 허둥지둥하고 있었다.

그녀가 입가에 미소를 지어 보였다.

"호호, 편하게 엘리라고 불러요. 본명은 엘리자베스예요. 그쪽 이름이 지현이라고 했죠?"

"네, 맞아요."

솔직히 저 외모에 삼백 살이라는 나이는 전혀 믿기지 않는 것이었다.

"혹시……."

그렇다면 생각나는 건 사실 하나뿐이다.

뱀파이어.

그녀가 뱀파이어가 아닌지 의심이 갔다.

그 말에 엘리자베스는 환하게 미소를 지어 보였다.

"호호, 맞아요. 뭐 이곳에서는 사실 그렇게 특별한 비밀이 아니니까요."

"르네상스에 머무르셔도 되는 건가요?"

유럽에서 가장 비중이 높은 종교는 단연 로마 카톨릭이다.

그러나 종교 개혁 이후 북유럽 대부분은 복음 루터교를 믿고 있다.

영국 같은 경우 헨리 8세의 수장령 이후 성공회로 바뀌었다. 다만 종교의 수장이 교황이 아니라 영국 국왕으로 바뀌었을 뿐 그 본질은 카톨릭과 비슷하다.

여기서 의아한 게 있는데 보통 카톨릭 신자들은 뱀파이어를 싫어한다는 것이다.

그리고 르네상스 대부분의 사람들은 성공회 신자일 게 분명했다.

영국 국교는 성공회니까.

그런데도 불구하고 그녀를 르네상스의 실질적인 수장으로 대우하고 있으니 그 점을 이해하기가 어려웠다.

"호호, 무슨 생각을 하고 있는 건지 이해가 가네요. 그러나 우리는 전략적인 제휴 관계일 뿐이에요. 서머싯 공작이 르네상스의 대외적인 부분을 맡고 제가 르네상스의 실권을 쥐고 있는 것에는 커다란 문제가 없답니다. 뱀파이어를 혐

오한다는 것도 사실 영화에서 지나치게 자극적으로 다뤄진 것뿐이고요."

"그렇군요."

지현이 멋쩍게 웃어 보였다.

그럴 때였다.

슬슬 건형이 깨어나려는 움직임을 보였다.

아까 전에만 해도 무슨 시체를 보는 줄 알았는데 지금은 꽤 호흡도 안정됐고 상태가 전반적으로 좋아 보였다.

"깨어나려나 봐요."

지현이 눈을 빛내며 건형을 바라봤다.

여러모로 걱정하며 영국까지 왔다.

그런 그가 깨어난다면 무엇이든 다 해 줄 자신이 있었다. 그리고 아리따운 두 여자가 내려다보고 있을 때 마침내 건형이 눈을 떴다.

나흘 만에 드디어 정신을 차린 것이었다.

지현에게 자초지종을 이야기들은 건형은 눈앞에 앉아 있는 미소녀를 바라봤다.

많아 봤자 십 대 후반.

피부는 창백하다고 생각될 만큼 새하얗고 잡티 하나 없었다. 머리카락은 붉은색이었고 눈동자는 새파란 빛을 뿜어내고 있었다.

사파이어를 닮은 그 눈동자가 얼마나 아름다운지 잠깐이라도 봤다가는 금세 빠져들어서 헤어 나올 수 없을 정도였다.

조용히 심신을 안정시킨 건형이 엘리자베스를 바라보며 물었다.

"엘리자베스, 저는 예전에 당신에 대해 이야기를 듣지 못했습니다."

"그럴 수밖에요. 르네상스와 함께 가기로 약속을 하지 않으셨으니까요. 어디까지나 르네상스의 대표는 서머싯 공작이에요. 저는 뒤에 숨겨져 있을 뿐이죠."

"……그러면 전면에 나설 일은 거의 없으시다는 이야기이시군요."

"맞아요. 당신이 르네상스와 협력하기로 마음먹는다면 모를까 그렇지 않은 이상 제가 제 진면목을 드러낼 필요는 없죠. 물론 이번 상황은 지극히 예외적인 경우였지만요."

"휴, 이번 일을 겪고 생각한 것이지만 저는 가급적 르네상스와 힘을 합쳐 볼 생각입니다. 지난번에도 비슷한 의견을 버몬트 대공 저하께 전달했고요."

"아, 버몬트 대공한테도 이야기는 전달받았어요. 그 아이도 꽤 만족스러워하던 눈치더군요. 호호."

"그러면 르네상스가 로얄 클럽과 힘을 합치는 것에 대해서는 어떻게 생각하십니까?"

건형이 조심스럽게 물었다.

지금 그가 가장 중요하게 생각하는 건 바로 이것이었다.

"글쎄요. 그것은 조금 더 고민이 필요한 문제가 아닐까요? 우리는 인종도, 언어도, 종교도, 모든 면에서 많이 달라요. 그런 상황에서 무턱대고 힘을 합친다는 건 어려운 일이 아닐까요?"

엘리자베스의 말은 나지막했지만 완곡히 거절의 뜻을 표현하고 있었다.

지현은 조심스럽게 두 사람을 번갈아 바라볼 뿐 아무 말도 하지 않았다.

이번 일은 자신이 낄 수 없다는 걸 자연스럽게 느꼈던 것이다.

그렇게 엘리자베스가 완곡히 거절했을 때였다.

누군가 다급히 그녀를 찾았다.

"엘리자베스 님, 잠깐 나와 보셔야겠습니다."

"노먼? 무슨 일이 있나요?"

"예. 긴급한 일입니다."

노먼 커널트, 그가 긴급한 이야기라고 언급할 만한 일은 많지 않다.

그런데도 불구하고 이렇게 달려온 걸 보면 무언가 중차대한 일이 터진 게 확실했다.

엘리자베스가 말했다.

"안으로 들어와서 이야기해도 돼요."

"괜찮겠습니까?"

여전히 건형과 지현은 이방인으로 취급되고 있었다.

그런 상황에서 엘리자베스가 두 사람이 있는 데서 긴급 사안을 이야기해도 된다고 하는 건 노먼 커널트로서는 이해할 수 없는 처사였다.

그렇지만 엘리자베스가 그렇게 해도 된다고 한 이상 더 이상 주저할 이유는 없었다.

한시가 급할 만큼 시급한 사안이었기 때문이다.

"문제가 터졌습니다."

방 안으로 들어온 노먼 커널트가 자리에 앉자마자 꺼낸 이야기는 그것이었다.

엘리자베스는 표정 변화 없이 그를 바라보며 물었다.

"차분히 이야기해 주세요. 어떻게 된 일이죠?"

"마드리드하고 베를린에서 테러가 터졌습니다."

"테러라고 하셨어요?"

"예. 그리고…… 우리 르네상스 소속의 마법사…… 일곱 명이 죽었습니다."

스페인의 마드리드에서 세 명, 그리고 베를린에서 네 명.

모두 일곱 명이 사망했다.

노먼 커널트가 간신히 화를 억누르며 입을 열었다.

가만히 그를 보던 엘리자베스가 물었다.

"흉수는 찾아냈나요?"

"……일루미나티로 추정하고 있습니다."

"로얄 클럽일 가능성은요?"

"그들일 가능성은 극히 낮습니다. 일루미나티가 전쟁을 걸어온 게 아닌가 싶습니다만 서머싯 공작 각하와 버몬트 대공 저하도 엘리자베스 님을 뵙고자 하십니다."

"로얄 클럽일 가능성은 없다, 라……."

잠시 고민하던 엘리자베스가 자리에서 일어났다.

"좋아요. 회의실로 향하죠."

"두 손님은 어떻게 해야 할까요?"

망설이던 엘리자베스가 결심을 내렸는지 입을 열었다.

"……음, 두 분도 함께 갑니다."

건형이 조심스럽게 물었다.

"괜찮으시겠습니까? 아직 저희는 외부인입니다."

"두 분께서 무언가 도움을 주실 수 있지 않을까 생각해서
요."

엘리자베스가 살포시 미소를 지었다. 그리고 두 사람을
이끌고 회의실로 향했다.

그들이 도착한 곳은 르네상스에 있는 커다란 원탁회의실
이었다.

커다란 원탁이 놓인 그곳에는 십수 명의 사람들이 자리하
고 있었는데 하나같이 르네상스에서 강력한 실권을 갖고 있
는 사람들이었다.

또한 그들 대부분은 영국 왕실로부터 기사 작위를 받은
진짜 귀족들이었다.

버몬트 대공이 자리에서 일어나 깍듯이 고개를 숙였다.

"어서 오십시오, 마담. 그런데 두 분은 어째서……."

"제가 불렀어요. 그들에게 도움을 받을 수 있지 않을까
생각했어요."

"마담의 뜻을 존중합니다. 그러면 마담도 오셨으니 본격
적으로 회의를 진행하겠습니다."

그리고 노먼 커널트가 커다란 대형 모니터 앞에 서서 설
명을 시작했다.

"테러가 일어난 지역은 마드리드, 그리고 베를린입니다. 마드리드부터 설명해드리겠습니다. 마드리드에는 우리 측 마법사가 모두 열한 명 파견되어 있었습니다. 그런데 그들 중 세 명이 갑작스러운 적의 공격에 노출되었고 사망했습니다."

"암살당한 겁니까?"

"그건 아닙니다만 아무래도 뜻밖인 장소에서 공격을 당한 거 같습니다."

"남은 여덟 명의 마법사들은 어디에 있었습니까?"

"그들은 다른 임무를 수행 중이었습니다. 각자 전투를 벌인 지역이 달랐습니다만 전투 시간은 이례적이라고 해야 할 만큼 짧았습니다."

"얼마나 소요된 건가?"

"불과 십 분 남짓입니다."

"그러니까 그 십 분 남짓한 시간에 외부에 파견 나가 있던 우리 측 마법사 세 명이 모두 사망했다는 것이로군."

버몬트 대공이 심각한 표정으로 말을 꺼냈다.

"그렇다는 건 우리 측 마법사들이 모두 노출된 것일 수도 있다는 이야기로군."

"베를린도 상황이 비슷한가요?"

엘리자베스가 노먼 커널트를 바라보며 물었다.

노먼 커널트가 고개를 끄덕였다.

"흉수는 초인으로 보이던가요?"

"예. 그런 거 같습니다."

"확증이 필요해. 전쟁을 일으키려면 명분이 있어야 하니까."

버몬트 대공이 굳어진 표정으로 말했다.

그때였다.

회의실에 들어온 한 마법사가 노먼 커널트에게 달려가서 귓속말을 속닥였다.

그 말을 들은 노먼 커널트의 표정이 침울해졌다.

그러나 그것도 잠시 노멀 커널트가 입을 열었다.

"······파리에서도 테러가 일어났다고 합니다."

그 말에 버몬트 대공이 굳어진 얼굴이 되었다.

"저는 지금 우리 르네상스의 근거지들이 전부 다 공격받고 있다고 판단됩니다. 이 시간부로 1급 경계를 발령합니다. 그리고 일루미나티를 잠재적인 적으로 규정하겠습니다."

전쟁.

그 말을 들으며 건형은 전쟁의 바람이 불어오고 있다고 느끼고 있었다.

세계 3차 대전에 준하는 전쟁이 머지않아 들이닥칠 듯한 분위기였다.

르네상스의 근거지가 전부 다 테러에 휩싸인 상황.

일촉즉발의 상황 속에서 버몬트 대공이 입을 열었다.

"대모님, 지난번 미스터 팍이 제게 이야기 하나를 해 준 적이 있습니다. 그때 미스터 팍은 저보고 르네상스 혼자서는 일루미나티를 상대할 수 없으니 로얄 클럽과 힘을 합치라고 했습니다. 그 부분에 대해서 어떻게 생각하십니까?"

"로얄 클럽이라……."

엘리자베스는 곰곰이 생각에 잠겼다.

십 대 소녀가 저러니까 적응이 안 되긴 했다.

그러나 어찌 됐든 그는 삼백 년 넘게 살아온 뱀파이어였다.

잠시 동안 고민에 잠겨 있던 엘리자베스가 버몬트 대공을 보며 물었다.

"자네는 어떻게 생각하는가?"

"저는 충분히 일리가 있는 의견이라고 생각이 듭니다."

"그런가? 나 역시 비슷하네. 일루미나티는 진짜 막강한 집단이야. 그들이 마음먹는다면 이 세계의 절반을 차지하는 건 어려운 일이 아닐 터. 그러나 그들은 더욱더 야욕을 부리고 있지. 절반이 아니라 이 세계 전체를 차지하고자 말이야."

"······한번 의사를 타진해 볼까요?"

"뭐가 문제가 되나? 여기 그 당사자가 계시는데 말이야. 껄껄."

"알겠습니다. 그러면 미스터 팍, 잘 부탁드립니다."

그렇게 졸지에 박건형은 르네상스의 대사가 되어 로얄 클럽과 대담을 나누게 되었다.

그렇지만 엘리자베스, 그녀가 자신을 살려 준 것을 생각한다면 그리고 그 일의 배후에 일루미나티가 있는 걸 뻔히 아는 상황에서 건형이 선택할 수 있는 길은 하나뿐이었다.

"이곳은 정리됐습니다."

"이곳 역시 마찬가지입니다."

그사이 불타 버린 르네상스의 베를린 지부에서는 한 무리의 사내들이 주변을 확인 중이었다.

그들 모두 날카로운 눈빛에 서릿발 같은 기세를 내뿜고 있었는데 웬만한 사람들은 주변으로 접근하기 힘들 정도였다.

"이미 전쟁은 시작되었고 우리는 앞으로 전진할 뿐이다. 계속해서 르네상스의 다른 지부들을 공격하도록 한다."

한 사내가 명령을 내리자 다른 사내들 모두 고개를 끄덕였다.

그들의 목표는 르네상스의 전 지부를 파괴하는 것이었다.

그러면서 그들은 보통 인간이라고는 생각할 수 없을 정도로 엄청난 속도를 내며 베를린 지부를 순식간에 빠져나갔다.

초인들만이 보여 줄 수 있는 움직임.

일루미나티가 양성한 초인 부대가 이미 유럽을 배경으로 활동 중이었다.

"오랜만에 뵙는군요. 알 왈리드 왕자님."

"미스터 팍, 반갑군. 내가 누누이 로얄 클럽으로 오라고 했는데 르네상스로 갔군. 이거 참 섭섭하네. 섭섭해."

"인생이 생각한 대로 되지 않는다는 건 알 왈리드 왕자님께서도 잘 아실 겁니다. 그리고 그쪽에서 적지 않은 도움을 받았기 때문에 그럴 수밖에 없었습니다."

알 왈리드 왕자가 웃으며 말했다.

"이해하네. 그보다 르네상스의 대사로 이곳에 오신 이유를 알고 싶네만. 우리에게 무엇을 이야기하러 왔나?"

"연합을 제안하기 위해서입니다."

"연합? 지금 연합이라고 했는가? 하하, 이거 참 생뚱맞은 이야기로군. 그래, 계속 이야기를 들어 보세."

"그렇습니다. 최근 며칠 사이에 르네상스의 유럽 지부가 테러를 당하고 있습니다. 베를린, 마드리드, 파리까지. 대도시에 있는 주요 지부들이 공격을 당했고 마법사들이 피습당했습니다."

"알고 있네. 이미 그와 관련해서 소식은 접하고 있지. 상황이 썩 좋지만은 않더군. 여러모로 나쁘게 흘러가는 모양이야."

"분명히 일루미나티가 움직인 것이겠죠. 그들은 이미 유럽을 지배할 야욕을 본격적으로 드러내기 시작했고 르네상스나 로얄 클럽 한 곳의 힘만으로는 그것을 막아 내는 게 어렵다고 보여집니다. 잇몸이 없으면 이가 시리다고 했죠. 알 왈리드 왕자님께서 좋은 결정을 내려 주셨으면 합니다."

"하하, 한 가지만 물어보지. 그것은 미스터 팍의 의지인가? 아니면 르네상스의 의지인가? 누가 더 개입을 많이 했는가?"

"제 의지가 많이 반영됐다고 볼 수 있겠군요."

"그리고 그녀의 입김도 들어갔겠군. 그녀는 고리타분한 르네상스의 마법사들과 달리 비교적 자유분방하니까 말이야. 사실 미스터 팍이 르네상스에 가지 않았다면 그들이 이렇게 연합을 먼저 제의하는 일도 없었을 것이고. 르네상스에 있는 마법사 놈들은 죄다 고고해서 쉽게 허리를 굽히고 들어오지 않기 때문이지. 그런 점에서 르네상스는 귀한 보물을 얻었다고 할 수도 있겠어."

"하하, 제 얼굴에 금칠을 해 주시는군요. 하지만 르네상스에 대한 평가만큼은 공감이 가는군요."

"일루미나티가 유럽 주요 지부에 테러를 가했다는 이야기는 들었네. 그들이 그렇게 나온 이상 준비된 것들이 있다는 것일 테고 우리들이 연합한다고 해도 그렇게 호락호락하게 당하지 않을 거네. 오랜 시간 이 세계를 집어삼키려고 단단히 준비를 해 왔을 테니까. 미스터 팍도 르네상스의 편에서서 함께 움직이실 생각인가?"

"그래야 할 거 같습니다."

"미스터 팍과 일루미나티의 관계는 좋은 건 아니지만 나쁘지도 않았던 것으로 기억하는데…… 내가 잘못 기억하고 있었나 보군."

"정확히 이야기하면 서로 데면데면한 사이였죠. 서로에게 피해를 주지 않는 이상 중립을 유지하기로 했으니까요."

"휴, 일단 우리도 한번 회합을 갖고 이야기를 나눠봐야 할 거 같군. 그동안 이곳에서 마음껏 자유롭게 머무르게. 내 것은 자네 것이기도 하니까. 그리고 아름다운 레이디도 즐겁게 머무르길 바라겠소."

"감사합니다."

"저도 감사드려요."

덕분에 박건형과 이지현은 본의 아니게 휴가를 받을 수 있었다.

현재 그들이 머무르고 있는 곳은 알 왈리드 왕자의 궁궐.

궁궐이다 보니 근처에 쉴 곳은 충분히 많았고 그밖에 각종 레저를 즐길 곳도 충분히 있었다.

결국 두 사람은 어찌어찌해서 제법 긴 휴가를 즐길 수 있게 되었다.

그러는 사이 속속 알 왈리드 왕자의 궁전에 사람들이 몰려들기 시작했다.

그들 대부분 로얄 클럽에 몸을 담고 있는 사람들로 본인이 직접 온 경우도 있었고 자신의 대리인을 선임해서 보낸 경우도 많았다.

그렇게 박건형과 이지현이 휴가를 보내는 사이 알 왈리드 왕자의 궁전에서는 연일 회의가 오고 갔다.

르네상스에서 먼저 내민 손길.

그 손길을 어떻게 하느냐가 로얄 클럽의 향후 운명을 가를 중요한 순간이 될 터였다.

당연히 다들 긴장의 끈을 바짝 조인 채 이 상황에 집중할 수밖에 없었다.

그러는 동안 서울에서는 계속해서 연락이 왔다.

가장 연락을 많이 받은 건 역시 지현이었다.

이제 슬슬 솔로 앨범을 다시 내야 할 시점에 지현이가 또다시 잠수를 탔기 때문이다.

물론 명분은 있었다.

남자 친구인 건형, 그가 사경을 헤맸고 그를 치료하기 위해 영국까지 가야 했기 때문이다.

그러나 건형이 무사한 이후에도 정작 지현은 귀국하지 않고 있었으니 레브 엔터테인먼트 입장에서는 속이 탈 수밖에 없었다.

현재 레브 엔터테인먼트에 돈을 가장 많이 벌어다 주는 건 이지현이었고 그녀가 회사에 이바지하는 면이 적지 않았다.

그런 지현이 빠졌다 보니 방송국에서도 그녀를 섭외하면서 레브 엔터테인먼트의 다른 유망주들을 함께 끼워 넣으려고 했던 것을 포기할 수밖에 없었고 레브 엔터테인먼트도 입장이 난처하게 될 수밖에 없었던 것이다.

그럴 때였다.

4일간 이어졌던 회의가 끝을 맺었다.

알 왈리드 왕자가 피곤한 얼굴로 두 사람을 맞이했다.

"오랜 시간 기다리게 해서 미안하네."

"아닙니다. 어떻게 되었습니까?"

"우리 로얄 클럽은 아쉽지만……."

그때였다.

전통적인 아랍인 복장을 하고 있는 한 사내가 헐레벌떡 뛰어오고 있었다.

다급히 도착한 그가 알 왈리드 왕자에게 귓속말을 속삭였다.

그 이야기를 들은 알 왈리드 왕자의 얼굴이 새빨갛게 달아올랐다.

무언가 이 상황을 뒤집을 만한 반전이 마련된 것일까?

건형이 고개를 갸우뚱하며 그를 쳐다볼 때였다.

알 왈리드 왕자가 조심스럽게 입을 열었다.

"미안하지만 잠시 더 기다려줄 수 있겠나? 아무래도 그들에게 이 사실을 알린 다음 다시 한 번 의견을 물어봐야 할 거 같아서 말이야."

"예. 상관없습니다. 알 왈리드 왕자님."

"고맙군. 잠시만 더 기다려 주게."

알 왈리드 왕자는 황급히 자리를 피했다. 그리고 궁궐로 향했다.

그 뒷모습을 보던 이지현이 조심스럽게 입을 열었다.

"오빠, 아무래도 오빠한테 반가운 일이 생긴 모양인데요?"

"음, 나 개인한테는 반가운 일이 생긴 것일지도 모르겠네. 로얄 클럽 입장에서는 대단히 거북한 일이 생긴 거 같긴 하지만…… 일단 기다려 보자."

이후 건형은 알 왈리드 왕자를 독대하게 됐다.

지현이가 궁궐에서 머무르는 동안 알 왈리드 왕자는 아까 전 급하게 자리를 비워야 했던 이유에 대해 언급했다.

"방금 전 첩보가 들어왔네. 카타르 쪽에 있는 우리 지부가 공격을 당했다더군. 갑작스러운 공격 때문에 지부에 있던 어쌔신 여섯 명이 죽고 세 명이 심각한 부상을 입었지. 지부는 불탔고. 그 때문에 지금 다들 분개한 상황이네. 일루미나티가 아예 작정을 하고 움직이는 모양이더군."

"……이상하군요. 제가 만약 그랜드 마스터라면 그렇게 적을 늘릴 거 같진 않습니다만."

"나도 그게 궁금하긴 하지만 이미 그들이 전쟁을 걸어온 이상 이렇게 피할 수는 없다는 게 우리 생각이네. 그래서 우리는 르네상스와 힘을 합치기로 마음먹었다네."

"좋군요. 일시적인 협력이지만 일루미나티의 야망을 막기 위해서라도 우리의 협력은 큰 도움이 될 겁니다."

"그러길 바라야겠지."

건형은 환한 얼굴로 미소를 지어 보였다.

그러나 여전히 궁금증은 남아 있었다.

왜 그랜드 마스터가 그렇게 무리하게 움직였는지.

그것을 이해하기 어려웠다.

그때였다.

그랜드 마스터는 뒤늦게 보고를 받고 얼굴이 시뻘게진 채 화를 내고 있었다.

"도대체 이게 무슨 일인가! 카타르는 왜 공격한 거지?"

"죄, 죄송합니다. 저도 지금 알아보는 중입니다만 카타르는 공격 지시를 내린 적이 없습니다."

그랜드 마스터와 메로빙거, 두 사람이 머무르고 있는 방에는 커다란 세계 지도가 매달려 있었다.

그리고 그곳에는 런던, 파리, 베를린, 마드리드, 취리히, 제네바, 뮌헨, 프랑크푸르트, 로마, 밀라노 등 유럽의 굵직굵직한 대도시마다 표시가 되어 있었다.

일루미나티가 이미 테러를 벌이고 있거나, 앞으로 테러가 예정된 곳들이었다.

그들은 그곳에서 마법사 지부를 털고 마법사들을 사냥할

생각이었다.

마법사들은 암습에 취약하다 보니 이런 게 커다란 도움이 될 터였다.

전면전에 나서기 전 어떻게든 마법사들의 수를 줄여 놓는 게 커다란 도움이 될 게 분명했기 때문이다.

그러나 카타르, 리야드, 도하, 카이로나 헬싱키, 오슬로, 스톡홀름 등 유럽과 가까운, 로얄 클럽의 영향력 안에 있는 도시들은 목표가 아니었다.

그런데 초인으로 추측되는 자들이 카타르에 있는 로얄 클럽의 지부를 습격했다는 소식이 지급으로 도착했고 로얄 클럽의 움직임이 심상치 않다는 소식마저 들어온 것이다.

상황은 점점 더 급박하게 흘러가고 있었다.

그리고 일루미나티는 르네상스 하나만이 아니라 로얄 클럽이라는 두 개의 적을 동시에 상대해야 하는 상황에 놓이고 말았다.

'도대체 누가…….'

그런 그랜드 마스터의 머릿속을 스치고 지나가는 얼굴이 한 명 있었다.

알렉산더 페렐만.

그러면 충분히 가능할 법한 일이었다.

Chapter. 09

"알렉산더 페렐만! 그자는 지금 어디 있지?"

"그, 글쎄요. 저도 잘 모르겠습니다."

"그놈이야! 그놈이, 그놈이 이 일을 꾸몄어! 르네상스 한 놈만 상대하는 것도 버거운데 로얄 클럽이라니. 빌어먹을!"

"괜찮습니다. 그랜드 마스터. 애초에 몽땅 다 처리해야 할 놈들이었습니다. 시간이 조금 더 걸릴 뿐 전부 다 없애 버리겠습니다."

"가능하겠나?"

"예. 물론입니다. 비밀리에 양성한 그놈들이라면…… 충분히 가능할 겁니다."

메로빙거, 그는 그 어느 때보다 자신감 있는 어조였다.

"좋아. 자네한테 위임하도록 하지. 충분히 좋은 성과를 거둬야 할 거야."

"여부가 있겠습니까? 저를 믿고 맡겨 주십시오."

"그보다 박건형, 그 녀석은? 그 녀석은 어떻게 되었다고 하던가?"

"엘리자베스, 그 할망구가 살려 낸 모양입니다."

"엘리자베스? 그년이? 빌어먹을. 스위치가 확실히 켜진 것일 텐데 없애지 못하다니. 아담은?"

"귀국 중이라고 들었습니다. 장형철인가 하는 그 한국인도 함께 데리고 있다 하더군요."

"장형철? 그가 누구지?"

"장형철의 아버지가 박건형의 아버지를 뺑소니 사고로 죽인 다음 위장하려 한 적이 있었습니다. 장형철은 그 뒤 강해찬의 신뢰를 받으면서 학업에 몰두했고 대학교를 졸업하자마자 강해찬의 수석 보좌관이 되어 온갖 더러운 일을 맡아 해 왔습니다. 박건형의 가족을 납치하려 한 것도 그였고요. 그러다가 강해찬이 박건형의 정신 조작에 당하면서 경찰에 체포됐을 때 함께 체포됐고 우리가 건넨 t-1을 먹고 일시적이지만 초인의 능력을 깨운 것으로 보입니다."

"흠, 초인의 능력을 깨웠다면 어느 정도 자질은 갖추고 있다는 이야기인데."

"예. 그것도 처음부터 중급 초인 정도 되는 수준을 보여 줬다더군요."

"그래? 그 정도라면 충분히 써먹을 만하겠군. 곧장 이리로 데려오라고 전하게."

"예. 그랜드 마스터. 그러면 르네상스와 로얄 클럽은 어찌해야 할까요?"

"어떻게 하겠나? 먼저 시비 거는 놈들한테 본때를 보여 줘야겠지. 그동안 우리가 쌓은 저력을 놈들한테 확실히 알릴 시간이 된 거지."

그동안 일루미나티는 야금야금 최고의 전력을 갖춰 왔다.

그렇게 해서 쌓인 전력이 어마어마하다.

괜히 르네상스와 로얄 클럽, 두 곳 모두와 싸워도 승산을 엿볼 수 있다고 생각하는 게 아니다. 그동안 쌓아 온 전력에 확신을 가지고 있기 때문이었다.

"상류의 전쟁은 지금부터 시작된 것이지. 안 그런가? 메로빙거."

"예. 그렇습니다. 그리고 언제나 그러했듯 우리가 패권을 거머쥘 겁니다."

"후후, 그럴 수 있을 거야. 바로 내가 이 시대의 최강자이
니까."

일루미나티가 야욕을 불태우는 사이 르네상스와 로얄 클
럽의 수장들이 한자리에 모였다.

그들이 모인 곳은 파리였다.

파리에서는 때아닌 정상회담이 열렸고 각국 수장들이 참
석한 가운데 르네상스와 로얄 클럽의 회담이 시작되고 있었
다.

르네상스의 대표로 나온 건 버몬트 대공과 서머싯 공작이
었고 로얄 클럽의 대표로 온 건 알 왈리드 왕자와 친원싼 총
서기 그리고 라르슨 올거 왈데마르, 이렇게 세 사람이었다.

서른셋인 라르슨 올거 왈데마르를 제외하고 나머지는 모
두 쉰이 넘어가는 나이였기 때문에 그들은 비교적 홀가분하
게 속 이야기를 나눌 수 있었다.

게다가 그들 모두 일루미나티를 상대로 연합 전선을 꾸려
야 한다는 일차적인 목표는 어느 정도 합의점을 갖고 있었
기 때문에 세부적인 사정을 어떻게 짤지 그 점에 대해 집중
적으로 논의를 거듭 중이었다.

조금 더 정확히 이야기한다면 일루미나티를 없앤 뒤 누가 어느 지역을 차지할지 일이 끝난 뒤 논공행상에서 다뤄야 할 부분을 먼저 논의하고 있는 중이었다.

그러나 그럴 수밖에 없었다.

만약 일루미나티를 진짜 궤멸시킬 수 있다면 르네상스와 로얄 클럽은 미국뿐만 아니라 일루미나티가 차지하고 있던 그 광범위한 영역을 자신의 것으로 만들 수 있게 된다.

일루미나티와의 전쟁이 끝난 다음 논의하기에는 그들 모두 지쳐 있을 테고 서로를 향해 경계를 할 것이다.

커다란 산에 호랑이 한 마리와 늑대 두 마리가 살고 있다고 가정할 때 늑대 두 마리가 호랑이 한 마리를 물어뜯어 죽였다.

그러면 남은 건 늑대 두 마리.

그렇다면 서로 힘을 합쳐서 산을 차지하기보다는 누가 더 강할지 확인해 보고 싶어 할 만한 게 바로 더 가지고 있는 자들의 욕구이니까.

건형은 그들을 보며 경고를 해야 하지 않을까 생각했다.

그들은 아직 알렉산더 페렐만 교수를 염두에 두고 있지 않았다.

그가 갖고 있는 세력은 이번 전쟁에서 어떤 식으로든 변수로 등장할 게 분명했다. 그들을 대비하지 않는다면 무슨 일이 생길지 알 수 없는 일이었다.

그렇지만 그들은 일루미나티를 꺾을 수 있게 됐다는 것에 서로 즐거워하고 있었다.

그 분위기를 단숨에 싸늘하게 가라앉히고 싶은 생각은 없었다.

그러는 사이 회의도 슬슬 마무리를 향해 달려가고 있었다.

그러면서 상류끼리의 전쟁이 시작됐다.

평범한 사람은 알지도 못하고 알 수도 없는.

상류만의 전쟁.

그 시작은 뉴욕이었다.

뉴욕은 일루미나티의 본거지나 다름없다.

그런 만큼 곳곳에 일루미나티 지부가 활성화되어 있다.

그곳을 누군가 찾았다.

그리고 몇십 분 뒤 그 지부는 깡그리 무너져 있었다.

뿐만 아니라 사람이 살았던 흔적을 찾아볼 수 없었다.

완벽한 살인.

용의자도, 단서도 남지 않았다.

시신이 없는데 이것을 살인 사건으로 몰아붙일 수는 없었다.

결국 뉴욕 경찰들이 물러나고 일루미나티에 속해 있는 사람들이 달려왔다.

그들은 꼼꼼이 지부를 확인했고 뉴욕 경찰들은 찾아내지 못했던 단서를 잡았다.

아직 결정화되어있는 자그마한 얼음 알갱이.

그리고 이곳에서 느껴지는 약간의 피 내음.

그것들이 그들에게 확신을 주었다.

그들은 곧장 일루미나티에 이 사실을 보고했다.

그와 함께 일루미나티의 삼각위원회 그리고 13인 위원회의 위원들은 모두 다 하나를 떠올렸다.

르네상스와 로얄 클럽.

이 둘이 처음으로 힘을 합쳐서 공격한 곳이 뉴욕 지부 중 한 곳이라는 걸.

그렇지만 르네상스도, 로얄 클럽도 뉴욕 지부를 공격한 적은 없었다.

그때만 해도 그들은 힘을 합치고 어떻게 일루미나티를 쪼개 먹을지 연신 회의를 하던 중이었다.

그 와중에 그들도 뉴욕 지부 한 곳이 공격당했다는 소식을 접했다. 그리고 그곳에서 얼음 알갱이와 어쌔신이 동원된 것 같다는 이야기도 접했다.

그들 역시 빼도 박도 못하고 복수를 해 버린 셈이 되었다.

"알렉산더 페렐만…… 그자가 설마 우리 세 조직의 힘을 모두 다 쓸 수 있는 것이라면……."

"이번 카타르 사건도 알렉산더 페렐만, 그자가 일으킨 일일 수도 있을 겁니다."

"만약 그렇다면……."

"그러나 이미 주사위는 던져졌습니다."

그때 버몬트 대공이 단호한 어조로 말했다.

"일루미나티도 이 사실을 알고 있을 겁니다. 그런데도 그들이 아무 말도 하지 않는다는 건 이참에 우리까지 함께 쓸어버리겠다는 의도일 테지요. 괜히 여기서 뒤로 물러나 봤자 우리에게 주어진 길은 파멸뿐입니다. 차라리 전력을 다해서 그들과 부딪치는 편이 옳습니다."

"나 역시 버몬트 대공의 말에 공감합니다. 이미 일루미나티는 때를 찾고 있었을 겁니다. 명분을 쥘 수 있는 그런 시간을 찾고 있었겠죠. 이번 사건은 그들이 그 명분을 쥐게 된 사건이나 다름없습니다. 지금 와서 우리가 화해의 손길을 건네 봤자 그들은 그 손길을 받아들이지 않을 겁니다."

알 왈리드 왕자도 버몬트 대공의 의견에 동조하고 나섰다.

"좋습니다. 그러면 어떻게 할 것입니까? 선공입니까? 아니면 방어를 우선합니까?"

"지금은 방어를 우선해야 한다고 봅니다."

"방어를?"

"예. 미국만 지켜도 되는 일루미나티와 다르게 우리는 지켜야 할 곳이 너무 많습니다. 미국 밖에 있는 일루미나티의 지부들은 잔챙이들만 모아 놓은 곳이니까요. 그렇기 때문에 선공을 취하기보다는 오히려 방어에 치중해야 한다고 생각됩니다."

가만히 있던 라르스 올거 왈데마르가 조심스럽게 입을 열었다.

사실 그의 의견도 옳았다.

그들은 지켜야 할 지부가 일루미나티에 비해 스무 배 가까이 많았다.

그런 상황에서 먼저 공격에 나선다는 건 어려운 일이었다.

그때였다.

알 왈리드 왕자가 굳은 얼굴로 말했다.

"사실상 모든 지부를 지킨다는 건 불가능한 일입니다. 그렇게 하기엔 너무 많은 지부를 우리는 가지고 있습니다. 이참에 지부를 축소하더라도 일루미나티와 끝장을 볼 준비를 하는 게 더 나을 겁니다."

"나 역시 알 왈리드 왕자의 의견에 동조하는 바요."

"……전쟁이 벌어진 이상 뒤로 물러난다면 아무 의미가 없겠죠. 우리도 적극적으로 나서도록 하겠소."

중국에서 온 총서기 친원싼도 동참하고 나섰다.

그렇게 중론이 모아졌다.

그리고 그들은 어떻게 일루미나티를 무너트려야 할지 고심하며 계획을 짜기 시작했다.

그때 알 왈리드 왕자가 주변을 돌아보며 물었다.

"미스터 팍, 그가 어디 있는지 아는 사람 있습니까?"

박건형.

건형이 사라지고 없었다.

그 사이 건형은 엘리자베스와 지현, 셋이서 만나 이야기를 나누고 있었다.

"지루해서 그 안에 있을 수가 있어야죠."

엘리자베스가 호호 웃으며 입을 열었다.

"그러게요. 확실히 생각할 게 많은 모양이더군요. 상황이 무척 복잡하긴 복잡한 거 같습니다."

"그럴 수밖에 없을 거예요. 일루미나티. 그들은 절대 무시할 수 없는 저력이 있는 단체이니까요."

"대모님께서도 나설 생각이신가요?"

"글쎄요. 이제 저도 나이를 적지 않게 먹었다 보니…… 호호. 그리고 인간사에는 더 이상 관여하고 싶질 않아요. 사실 이번에 건형 씨를 살릴 생각도 없었어요."

"예?"

"건형 씨를 살리기로 마음먹은 건 지현 양 때문이었어요."

"저요?"

잠자코 두 사람 대화를 듣고 있던 지현이 눈을 동그랗게 뜬 채 고개를 갸웃하며 물었다.

엘리자베스가 미소를 띠며 말했다.

"네. 그렇게 아름다운 노래를 부른 여자가 저렇게 살리고 싶어 할 정도라면 충분히 그럴 만한 가치가 있다고 생각했어요. 건형 씨가 완전기억능력자라는 것도 뒤늦게 알았으니까요."

"그러셨군요. 저는 노먼 교수님께서 알려 주신 줄 알았는데……."

"아니요."

"그런데 제 노래는 어떻게……."

"대한민국이라는 작은 나라에 정말 눈부실 정도로 사람 마음을 흔들리게 하는 노래를 부른 가수가 있다는 건 알고 있었어요. 처음에는 그 가수가 지현 양인지 몰랐는데 목소리를 듣고 알 수 있었죠."

동양인이 서양인의 얼굴을 헷갈리듯 서양인도 동양인의 얼굴을 헷갈려 한다.

그녀도 아마 그러했을 것이다.

그러는 사이 자신을 찾는다는 이야기를 들었다.

"알 왈리드 왕자님께서 미스터 팍을 찾으십니다."

"아, 그런가요? 지금 바로 가도록 하겠습니다. 대모님, 지현아. 저 잠시 갔다 오겠습니다."

건형이 곧장 일어나서 그곳을 향해 움직였을 때였다.

다급히 건형에게 달려온 한 사람이 있었다.

그는 BP 그룹 회장 체스터 브로만이었다. 그의 얼굴은 무척이나 상기되어 있었다.

"브로만 회장님?"

"성공했네. 드디어 차세대 에너지 기술 상용화에 성공했단 말이네!"

일루미나티와의 전쟁을 앞두고 세계의 패권을 거머쥐게 해 줄 수도 있는 차세대 에너지 기술이 드디어 그 상용화에 성공하는 순간이었다.

이는 제4차 산업혁명에 준할 정도로 대단한 사건이기도 했다.

상용화에 성공한 차세대 에너지 기술은 이미 세계 각국 뉴스의 헤드라인을 타고 있었다.

그럴 수밖에 없었다.

제4차 산업혁명을 일으킬 수 있을 만큼 대단히 중요한 에너지 자원이 만들어진 것이다.

기존의 에너지 자원은 그 한계가 명백한 것들이었다.

매장량이 얼마 남지 않은 석유 에너지, 친환경 에너지들은 반영구적으로 사용할 수 있다는 장점이 있었지만 가성비가 뒤떨어졌다.

그런 와중에 가성비도 훌륭하고 반영구적으로 사용이 가능한 새로운 에너지가 개발된 것이다.

그러나 그 누구도 이 에너지의 소스가 무엇인지는 밝혀내지 못하고 있었다.

그럴 수밖에 없다.

이 에너지의 소스는 건형이 만들어 낸 자연에너지다. 그

리고 이 시대에 그것을 만들어 낼 수 있는 건 완전기억능력
자가 유일하다.

여하튼 그런 것을 놓고 볼 때 누군가 이 차세대 에너지 기
술 발전 장치 도안을 고스란히 훔쳐서 써먹는다고 해도 정
작 차세대 에너지는 만들어 내지 못할 게 분명했다.

건형이 갖고 있는 자연에너지를 그들은 갖고 있지 못하기
때문이다.

어쨌든 공식적으로 차세대 에너지—이름하여 자연에너지
—가 상용화가 되기 시작한 이후 태원 그룹과 BP 그룹의 주
가는 일제히 고공 행진을 하기 시작했다.

상한선이 있는 국내 증시와 다르게 상한선이 없는 해외
증시에서 BP 그룹은 그야말로 무소불위의 위치를 자랑하기
시작했다.

그와 함께 미국에 있는 에너지 회사들과 아랍 쪽에 있는
1차 에너지 업체들이 줄줄이 주가가 폭락하며 도산할 위기
를 맞이했다.

세계적으로 커다란 바람이 불어오고 있었다.

태원 그룹과 BP 그룹이 협작해서 만들어 낸 이 에너지가
세계 증시를 뒤흔들고 나아가서 세계의 흐름을 뒤바꿔 놓기
시작했다.

그와 함께 상류에서의 전쟁도 본격화되었다.

"빌어먹을 놈들. 여기서 빨리 후퇴한다."

시카고에 있는 일루미나티의 한 지부.

이곳은 정체불명의 적으로부터 습격을 받고 긴급히 대피 중이었다.

상대는 마법사와 어쌔신으로 이루어져 있었으며 추측하 건대 르네상스와 로얄 클럽일 가능성이 매우 컸다.

"여기까지 밀릴 줄이야."

시카고 지부를 맡고 있는 지부장의 얼굴에 낭패가 어렸 다.

처음에만 해도 기세등등하게 전선을 확대해 가며 밀어붙 였던 일루미나티는 속절없이 당하며 조금씩 지지 기반을 잃 어 가고 있었다.

물론 가장 큰 지지 기반이 있는 곳은 뉴욕이라고 하지만 다른 지역도 일루미나티는 반드시 지켜야 할 필요가 있는 곳들이었다.

그런데 정작 그곳들을 제대로 보호하지 못하고 있는 게 사실이었다.

그만큼 르네상스—로얄 클럽 연합이 막강한 힘을 발휘하 고 있다고 봐야 했다.

그렇게 결국 시카고 지부는 마법사와 어쌔신의 공격 앞에 무릎을 꿇었고 일루미나티는 서서히 손발이 하나둘 끊겨 나가고 있었다.

예상외로 일루미나티가 고전하고 있을 무렵 대한민국 정치계에도 변화의 바람이 불고 있었다.

강해찬 국회의원.

모든 것을 다 털어놓고 검찰에 자진으로 들어간 그가 밝혀낸 비리는 어마어마했다.

그로 인해 여당 출신의 대통령은 탄핵을 피할 수가 없게 됐다.

웬만한 비리들이 전부 다 대통령과 연관이 있었기 때문이다.

게다가 같은 국민들을 상대로도 공작 활동을 벌인 전적까지 밝혀지며 대한민국은 커다란 충격에 휩싸였다.

문제는 여당이나 야당이나 할 것 없이 전부 다 뼛속까지 탐욕으로 물들었다는 점이었다.

그렇다고 이 많은 국회의원들을 전부 다 몰아냈다가는 국가가 제대로 돌아갈 리가 없었다.

결국 죄가 심한 의원들은 대부분 다 제명당했고 판사, 검사를 비롯한 검찰, 경찰의 주요직 간부들도 모조리 옷을 벗어야 했다.

그것은 군장성도 마찬가지였다.

그와 함께 새롭게 국회의원을 선출하기 시작했다.

사회 뿌리째 박혀 있던 정경유착을 뽑고 일본과 맞닿아 있던 일부 친일파 잔당들을 모조리 몰아내는 작업이 시작된 것이다.

게다가 이 일에는 태원 그룹이 후원하는 지혁이 적극적으로 나섰다.

그는 새롭게 출마하는 정치인들에게 한 점의 의혹도 있어서는 안 된다고 생각했고 아르고스를 본격적으로 운용하기 시작했다.

천 개의 눈을 가졌다는 별명을 지닌 아르고스.

그 아르고스는 이번 선거에 출마한 모든 선거인들의 과거 이력을 낱낱이 파헤쳤고 그 이력들을 전부 다 복사해서 유권자 개개인의 휴대폰으로 발송했다.

정치에 대해 환멸을 느끼던 사람들은 대부분의 국회의원들이 비리, 부정부패에 얼룩져서 옷을 벗고, 그들의 뒤를 봐줄 것이라고 여겼던 판검사들도 자리에서 쫓겨나는 걸 보며 한 번쯤 희망을 걸어 볼 수 있지 않을까 여겼고 휴대폰으로 온 자료들을 꼼꼼히 확인하기 시작했다.

개중에는 성접대를 받은 선거인, 음주 운전 사고를 일으킨 선거인 등 안면 몰수하고 나선 사람들도 적지 않았지만 청렴결백한 정치인들도 적지 않게 있었다.

그 자료들 덕분에 사람들은 당파를 가리지 않고 사람을 보고 투표를 행사하게 됐으며 기존에 투표율이 가까스로 절반을 넘겼던 것에 비해 이번 투표율은 70%에 육박하면서 사람들이 정치에 대해 관심을 많이 갖고 있다는 것을 보여 줬다.

그러면서 새로운 얼굴에 나라를 걱정하는 마음으로 똘똘 뭉친 젊은 정치인들이 새로 모습을 드러냈고 그들은 정경유착이나 부정부패에 얼룩지지 않은 채 국정을 운영하기 시작했다.

그러는 한편 탄핵당한 대통령이 스스로 물러나고 새롭게 대통령을 뽑게 되었다.

대한민국은 급속도로 민주화의 물결을 받아들였던 것처럼 이번에도 급속도로 바뀌고 있었다.

그러나 이번에 그 흐름은 결코 나쁘지 않은 것이었다.

친일파를 대부분 척결했으며 부정부패를 일삼으며 부정축재를 벌이던 그룹들도 대부분 몰아냈기 때문이다.

정확히 이야기하면 그 그룹을 이끌던 오너와 그 가족들을 몰아낸 것이었다.

물론 모든 건 헌법에 있는 그대로 실행되었기 때문에 법에 저촉될 만한 사항도 전혀 없었다.

다만 사람들이 궁금해한 것은 이렇게 많은 자료들을 모아 두고 한꺼번에 터트린 미스터 X가 누구냐 하는 점이었다.

그러나 그들이 알 리 없었다.

그 미스터 X가 오래전부터 리폼 코리아 프로젝트를 위해 준비해 왔으며 그 와중에 건형의 아버지가 죽었지만 끝내 이 프로젝트를 완성했다는 것을.

그렇게 대한민국이 새롭게 활력을 찾아가는 사이 상류에서의 전투는 점점 더 치열해지고 있었다.

건형은 르네상스와 로얄 클럽의 수장들이 모인 자리에 함께하고 있었다.

생각보다 상황은 훨씬 더 잘 풀리고 있었다.

일루미나티는 무슨 이유에서인지 모르겠지만 빠른 속도로 몰락해 가고 있었다.

그래서일까.

로얄 클럽과 르네상스의 수뇌부들도 적잖이 당황하고 있었다.

"아무래도 이해할 수가 없습니다. 일루미나티가 이렇게 쉽게 몰락할 집단이 아닙니다. 분명 무언가 내분이 있거나 혹은 다른 무언가가 있을 게 분명합니다."

"그러게 말이죠. 이렇게 일루미나티가 쉽게 무너질 리가 없을 텐데요."

"……알렉산더 페렐만."

무의식중에 꺼낸 건형 말에 다른 사람들이 고개를 돌렸다.

"그 또 다른 완전기억능력자를 말하는 겐가?"

"그러고 보니 완전기억능력자가 한 명 더 있다고 했지. 그런데 그가 무슨 문제가 되는 것인가?"

"그가 이 일을 주도했을 가능성을 배제할 수 없습니다. 그라면…… 충분히 가능합니다."

"그가 도대체 누구길래 그러는 건가?"

이곳에는 그에 대해 처음 들어 본 사람도 있었다.

노먼 커널트가 입을 열었다.

"그는 또 다른 완전기억능력자입니다. 사실 그가 원조라고 할 수 있겠죠."

건형이 고개를 끄덕였다.

어쨌거나 자신은 원래 완전기억능력자가 아니었다.

운 좋게 완전기억능력자가 된 케이스다.

노먼 커널트가 건형을 보며 입을 열었다.

"알렉산더 페렐만이 이 일의 주범이라고 확신할 만한 근거가 있는 것인가?"

"그는 오래전부터 일루미나티를 처단하기 위해 준비를 해 왔습니다. 엘런 가문도 그들을 돕고 있는 상황이죠."

"엘런 가문이라면……미국의 삼대 부호 가문 중 한 곳인 그곳을 말하는 겁니까?"

알 왈리드 왕자가 건형을 쳐다보며 물었다.

"예, 그렇습니다."

"흠, 만약 그들이 일루미나티를 적대하고 있고 또 일루미나티와 전쟁을 벌이고 있다면…… 우리의 아군이라고 봐도 될까요?"

"그건 아닐 겁니다. 어쨌든 그들의 목적도 일루미나티와 비슷하니까요."

"일루미나티와 비슷하다면 그들도 결국 이 세계를 자신의 것으로 만들고 싶어 한다는 것이겠군요."

"예. 그렇습니다."

"흠, 그들이 이끄는 조직에 대해서 잘 알고 있습니까?"

"확실히는 모릅니다. 그러나 중동을 기반으로 하고 있다는 이야기만 들었을 뿐입니다."

"중동이라고?"

중동에 기반을 잡고 있다는 이야기에 알 왈리드 왕자가 눈을 크게 뜨며 물었다.

알 왈리드 왕자는 사우디아라비아의 왕자다.

당연히 걱정할 수밖에 없다.

지리적으로 가장 가까이 있기 때문이다.

일전에 카타르가 한 번 공격당한 적도 있기 때문에 더욱 더 걱정하고 있는 것일지도 몰랐다.

어쨌든 지금 상황에서 볼 때 알렉산더 페렐만이 일루미나티를 대신 상대해 주고 있는 건 그들에게 여러모로 유리한 이야기였다.

그런데 한 가지 이상한 점이 있었다.

"분명히 그들은 우리와 일루미나티를 서로 상잔시키려 했을 겁니다. 그러니까 양쪽을 서로 공격하게 했겠죠. 그런데 지금 그들은 일루미나티를 정면으로 상대하고 있습니다. 무언가 그들 계획이 틀어진 게 분명할 겁니다. 무슨 일인지는 모르겠지만요."

확실히 그럴 만했다.

원래 알렉산더 페렐만은 일루미나티를 로얄 클럽 그리고

르네상스와 서로 맞부딪치게 하려 했었다.

그런데 지금은 그 계획이 틀어진 상황이다.

무언가 변수가 생겼기 때문에 일에 차질이 빚어진 게 분명했다.

어떤 변수인지는 알 수 없다.

그러나 확실히 변수가 발생했고 그것이 알렉산더 페렐만의 마음을 바꿔놓았다는 건 부인할 수 없는 사실이었다.

그때였다.

누군가 황급히 달려왔다.

"뉴, 뉴욕에서 빅뉴스입니다!"

그리고 그가 다급히 말을 이어붙였다.

"저, 정체를 알 수 없는 자가 그랜드 마스터와 단독으로 붙었습니다. 그것 때문에 지금 뉴욕에 폭탄이 떨어진 것처럼 장난이 아니라고 합니다. 일부는 뉴욕에서 테러가 터진 게 아니냐고 하고 있는데…… 아무래도 능력자 둘이 붙은 게 아닌가 싶습니다."

"그러면 그 정체를 알 수 없는 자는 누구인지 알아냈는가?"

"……그게 저도 확실하게는 모르겠습니다. 어쨌든 치열하게 접전이 벌어지고 있다고 합니다."

"……알렉산더 페렐만입니다."

건형이 대답했다.

알렉산더 페렐만, 그가 그랜드 마스터와 부딪친 게 분명했다.

그러나 어째서 그가 이렇게 불쑥 모습을 드러냈는지 이해할 수 없는 일이었다.

분명히 그는 그동안 꾸준히 전력을 숨겨 오면서 복수의 칼날을 갈고 있었기 때문이다.

'누군가 알렉산더 페렐만의 주변 사람이…… 일루미나티에 당한 것인가?'

지금 당장 생각나는 건 그거 하나뿐이었다.

Chapter. 10

건형은 상황을 추론했다.

그랜드 마스터와 알렉산더 페렐만.

그들의 전투는 도시 하나를 테러당한 것처럼 느끼게 하고 있었다.

그야말로 공전절후라는 표현이 어울릴 정도로 엄청난 전투가 벌어진 게 분명했다.

직접 두 눈으로 보고 싶었다. 그리고 누가 이겼을지 그것을 확인하고 싶었다.

그러나 이미 뉴욕은 출입이 통제된 상태였다.

그 누구도 뉴욕으로 들어갈 수 없는 상황이었다.

덕분에 월스트리트는 마비됐고 세계의 증시 역시 곤두박질치고 있었다.

불과 며칠 전 차세대 에너지 상용화 소식이 뜨면서 주식시장이 활황을 띄었던 것과 비교하면 정반대의 움직임이 일어난 것이다.

그렇게 건형이 뉴욕 현황을 볼 수 없다는 걸 아쉬워할 때였다.

지혁이 그에게 영상을 띄워서 보냈다.

천 개의 눈을 가진 아르고스.

그 아르고스가 뉴욕에 설치되어 있는 CCTV와 위성을 해킹해서 뉴욕 상황을 실시간으로 알려 주고 있었다.

건형은 뉴욕에서 벌어지고 있는 거대한 전투를 직접 두 눈으로 보고 있었다.

그동안 상류에서 일어나고 있던 전투를 평범한 사람들도 바라보고 있었다.

이미 인터넷은 난리가 난 상황이었다.

그동안 영화나 만화에서 숱하게 다뤄 왔던 초인이라는 소재.

그 초인이 실제로 뉴욕에 등장한 것이었다.

한 명은 온몸을 치렁치렁한 로브 같은 것으로 뒤집어쓰고 있었다.

마치 햇빛을 마주 보기를 꺼려 하는 것처럼 그는 자신의 정체를 절대 드러내지 않고 있었는데 온몸에서 어마어마한 기운을 뿜어내고 있었다.

반면에 그를 마주 보고 있는 건 비교적 젊어 보이는 학자였다.

그의 등 뒤에서는 세 가지 기운이 뿜어져 나오고 있었다.

개중 하나는 불, 얼음, 바람, 번개 등 네 가지 대원소가 줄기차게 회전하며 엄청난 힘을 드러내고 있었고 나머지 두 가지 역시 적지 않은 기운을 발산하고 있었다.

건형은 그것을 보며 이채를 띠었다.

분명히 예전에 알렉산더 페렐만은 자신한테 그런 이야기를 한 적이 있었다.

자신은 한 번도 육체 강화를 해 본 적이 없었다고.

그러나 지금 알렉산더 페렐만의 모습은 육체 강화를 한 상태임이 분명했다.

'혹시 알렉산더 페렐만은······.'

완전기억능력자는 하나같이 희대의 천재였던 자들이다.

그들 중 생명공학에 몰두한 자들이라면 초인이나 마법사,

어쨌신의 유전자 코드를 읽어 내고 그 코드를 따서 그들의 능력을 복제하는 것도 충분히 가능했을 것이다.

만약 알렉산더 페렐만이 갇혀 있는 동안 그 방법을 연구해 왔다면? 그리고 그 방법을 현실화할 수 있는 능력을 지니게 됐다면?

그게 바로 저 등 뒤에 있는 세 가지 원형체일지도 몰랐다.

그러면서 두 사람이 계속해서 맞부딪치기 시작했다.

그랜드 마스터.

그는 확실히 타고난 실력자였다.

엄청나게 빠른 속도와 물리적인 타격력으로 알렉산더 페렐만을 밀어붙이고 있었다.

그렇지만 알렉산더 페렐만도 만만치 않았다.

시시각각 변하는 카멜레온 같은 그의 능력은 그랜드 마스터도 쉽사리 상대할 수 없는 그런 것이었다.

그들이 한 번 부딪칠 때마다 주변 건물들이 초토화됐다.

이미 반경 5km 안에는 그 누구도 접근하지 못하게 막아둔 상황이었다.

미 대통령은 뉴욕 도심지에서 일어난 두 초인 간의 전투에 어떻게 대응해야 할지 당혹스러워하고 있었다.

게다가 그들 중 한 명은 자신의 추측이 맞다면 일루미나티의 지도자 그랜드 마스터가 분명했다.

미 대통령, 그도 그랜드 마스터를 충실히 좇는 일루미나티의 숭배자 중 한 명이었던 셈이다.

어쨌든 영상을 통해 보고 있었음에도 영상은 계속해서 끊기고 있었다.

간헐적으로 끊기던 영상은 급기야 불통이 되고 말았다.

"아……."

건형은 가볍게 탄식을 흘렸다.

둘 중 누군가 이겼을지 그것은 르네상스나 로얄 클럽에도 대단히 중요한 것이었다.

만약 그랜드 마스터가 이겼다면 르네상스와 로얄 클럽이 연합한 의미가 확실해질 것이다. 그리고 그들은 일루미나티를 상대로 전쟁을 준비하게 될 터다.

반면에 알렉산더 페렐만이 이긴다면?

그는 일루미나티를 흡수하려 할 테고 르네상스와 로얄 클럽은 그것을 반드시 막아야 했다.

지금 알렉산더 페렐만이 갖고 있는 전력도 적지 않은데 거기에 일루미나티까지 합세하게 된다면 그것은 로얄 클럽이나 르네상스에게 재앙이나 다름없는 일이 되어 버릴 터였다.

하지만 결국 건형은 끝내 누가 이 전투의 승리자가 되었는지 알 수 없었다. 상황이 종료되고 뉴욕은 한동안 후유증을 앓게 됐다. 그리고 미 대통령은 미국의 안보의 중요성에 대해 역설하며 군비를 증강하고 있다는, 누구나 열람할 수 있는 정보만을 손아귀에 쥐었을 뿐이었다.

긴 시간 동안 런던에 와 있던 건형은 지현과 함께 다시 대한민국으로 귀국했다.

그동안 대한민국은 적지 않게 변화해 있었다.

새로운 마음으로 부정부패에 얼룩지지 않은 젊은 정치인들이 혁신을 주장하며 여의도를 장악하기 시작했고 재야에 묻혀 있던 청렴결백한 정치인들이 대선 후보에 출마하기 시작했다.

아르고스가 실시간으로 전하는 정보는 조금이라도 허물이 있는 정치인은 절대 출마할 수 없게끔 하고 있었다.

그렇게 정권의 힘이 없어지자 그다음 타겟이 된 건 기업가와 언론인들이었다.

정치인—기업가—언론인.

그동안 이들이 만들어 낸 유착 관계는 형언할 수 없을 만큼 더럽고 추악한 것들이었다.

그런 상황에서 정치인이라는 다리가 부러진 이상 이 솥은 언제 엎어져도 이상하지 않을 만큼 부실해져 버린 것이다.

그와 함께 대대적인 공격이 이어졌다.

그리고 그동안 기업가한테 뇌물을 청탁받고 그들의 입맛에 맞게 기사를 써 준 언론인들, 그리고 정치인들에게 돈을 주고 자신에게 유리한 조건으로 법안을 제정하게끔 만들었던 기업가들까지.

그들 모두 족족 국외로 영구 추방당하거나 혹은 감옥에 갇혀야 했다.

삽시간에 그런 일이 터지면서 일각에서는 부정적인 여론도 일었다.

너무 깨끗한 물에는 고기가 살 수 없다면서 약간 남아 있던 언론인들이 반항하기 시작한 것이다.

그렇지만 국민들의 염원은 대단했다.

오랜 시간 이런 일에 시달려 왔던 이들은 이제라도 자신의 자식들 나아가 후손들에게 더 나은 미래를 물려 주고 싶어 했던 것이다.

건형과 지현이 입국했던 건 그렇게 격동과 변화의 물결이 한창 넘실거릴 때였다.

두 사람은 인천국제공항을 나와서 곧장 집으로 돌아왔다.

집에는 연락을 받고 지혁이 이미 와 있었다.

건형이 지혁을 보며 물었다.

"형, 어떻게 자료는 확보했어요?"

"그래. 그때 일부러 영상 끊긴 척하느라 힘들었다. 왜 그랬던 거야?"

"르네상스에 있는 사람들은 믿을 수 있어요. 그렇지만 일부 믿을 수 없는 사람들도 있거든요. 그렇기 때문에 그들에게 더 이상의 정보를 제공하기 싫었던 것뿐이에요. 아르고스에 대해서도 알려 주고 싶지 않았고요."

자신의 힘을 숨기면 숨길수록 나중에 그것을 드러낼 때 그 효과는 배가 된다.

건형이 노린 건 바로 그것이었다.

자신의 전력은 과소평가하기를 바라는 것.

고개를 끄덕이던 지혁이 건형에게 휴대용 패드를 내밀었다.

그곳에서는 두 명이 맹렬한 기세로 부딪치고 있었다.

알렉산더 페렐만은 시시각각 자신의 능력을 변화시켜 가며 그랜드 마스터를 상대하고 있었고 그랜드 마스터는 초인적인 힘으로 그런 알렉산더 페렐만을 밀어붙이는 중이었다.

그때였다.

상상도 할 수 없는 장면이 등장했다.

건형이 눈을 휘둥그레 떴다.

"이, 이건……."

끔찍한 광경이었다.

갑자기 로브를 벗어 던진 그랜드 마스터가 순식간에 알렉산더 페렐만에게 다가갔다. 그러더니 마치 흐물흐물해져 버린 젤리가 되어 알렉산더 페렐만을 집어삼키고 있었다.

그 순간 영상이 끝이 났다.

"이 이상은 아르고스로도 파악할 수가 없었어."

"일루미나티에서 뒤늦게 막은 걸까요?"

"충분히 그럴 수 있지."

"어쨌든 이 영상대로라면…… 그랜드 마스터가 알렉산더 페렐만을 집어삼킨 걸까요?"

"확신할 수는 없어. 확실하게 두 눈으로 본 게 아니니까."

"……휴, 차세대 에너지 기술은 어떤 편이에요?"

"그건 정 실장님한테 물어봐야 하는 거 아니야?"

"아, 정지수 실장님요? 정지수 실장님이 총괄하기로 한 모양이네요."

"정용후 회장님도 연세가 있다 보니 후계 구도를 명확하게 해 두고 싶은 거겠지. 어쨌든 차세대 에너지 팩은 지금 재고가 부족해서 걱정일 정도야. 이미 웬만한 건 전부 다 대체하기 시작했고."

"원자력발전소도 조만간 다 대체가 가능하겠군요."

"충분히 가능할 거야. 사실 너는 이 에너지 팩만 해도 평생을 놀고먹고 살만큼 많은 돈을 벌어들이게 될 거야. 이 기술은 네가 없으면 성립이 안 되는 거니까."

"아마 그렇겠죠?"

"너뿐일까? 너 말고 삼대, 아니 몇 대가 놀고먹을 수 있는 돈을 벌어들일 수 있을 거야."

"형, 하고 싶은 말이 뭐예요?"

"언제까지 그 세 그룹 사이에 얽혀 있을 거야? 지금 너는 너무 위험해. 마치 칼날 위를 아슬아슬하게 걸어 다니는 것처럼 느껴질 정도야."

"그 정도예요?"

"그래. 결정을 내려야 해. 그리고 나라면…… 그곳에서 발을 빼겠어. 이 영상이 백 퍼센트 확실하진 않지만 알렉산더 페렐만이 저렇게 당했어. 너라고 저렇게 당하지 말라는 법은 없어."

건형은 기껏해야 육체 강화만 가능하다.

그러나 알렉산더 페렐만은 오랜 시간 연구한 끝에 일루미나티, 르네상스, 로얄 클럽 이 세 곳의 능력을 하나로 모았다. 그리고 그 능력을 전부 다 자신이 쓸 수 있게 했다.

그런데 그 가공할 능력을 가지고도 그랜드 마스터에게 패배했다.

그랜드 마스터.

그가 갖고 있는 그 가공한 힘을 얕잡아 보면 안 된다는 이야기다.

그가 자신을 여태 살려 둔 것은 어쩌면 자신이 적당히 살이 오를 때까지 키워 뒀다가 잡아먹기 좋겠다는 시점이 됐을 때 잡아먹으려고 일부러 그랬던 것일지도 모른다.

막상 그럴 수도 있다는 생각을 하게 되자 온몸이 사시나무처럼 파르르 떨렸다.

자신이 사랑하는 사람들을 볼 수 없게 될지도 모른다는 생각을 하자 두려움이 온몸을 엄습하고 있었다.

그렇지만 건형은 이내 마음을 바꿨다.

아버지의 유언.

그리고 대한민국을 뒤흔들고 있는 국민들의 염원.

자신의 자식들, 후손들에게 더 나은 미래를 물려 주고 싶다는 그 마음.

건형도 어느새 그런 사람 중 한 명이 되어 있었다.

그것은 지현이 영국에서 건형이 깨어났을 때 조심스럽게 건넸던 한 장의 사진과도 연관이 있었다.

"미안해요, 지혁 형. 그러나 이건 내가 반드시 해결해야 할 문제예요. 우연찮게 이 능력을 얻었다고 하지만 저도 책임감을 갖고 있으니까요. 또 아버지가 저한테 해 주셨던 것처럼 저 역시 그럴 거예요."

썩어 빠진 대한민국의 정치를 박살 내기 위해 아버지는 목숨을 버리면서까지 적들의 뒤를 밟았다.

건형 역시 아버지와 생각이 다르지 않았다.

열 달 뒤 태어날 자신의 자식을 위해서라도.

건형은 반드시 이 빌어먹을 상류의 싸움을 끝장내 버릴 생각이었다.

그렇다고 해도 그랜드 마스터가 알렉산더 페렐만을 집어삼킨 건 충격적인 일이었다.

만약 자신이 그랜드 마스터를 아무 정보도 없는 상태에서 상대했다면?

알렉산더 페렐만처럼 자신도 먹혔을지 모를 일이다.

건형은 그랜드 마스터를 어떻게 상대해야 할지 고심하기 시작했다.

그가 갖고 있는 능력이 무엇인지 그가 어떻게 알렉산더 페렐만을 집어삼킬 수 있었던 것인지 건형은 아무것도 알지 못했기 때문이다.

지피지기면 백전백승이라는 이야기가 있다.

지금 상황에서는 일단 상대의 능력이 무엇인지 또 상대가 무엇을 원하는지 그것부터 파악해야 할 듯싶었다.

결국 그렇게 하려면 정보를 모아야 했다.

"너도 참 맨날 이상한 일에만 휘말리는 거 같다."

"그러게요. 하하. 뭐, 별수 없죠. 그보다 형, 강해찬 국회의원은 완전히 끝난 건가요?"

"응. 징역형 선고받았어. 징역 끝나고 나와도 뭐 그냥 뒷방늙은이처럼 살아갈 거야. 네가 정신에 크게 충격을 줘서 그런가 기억력도 드문드문해진 거 같다고 하더라고."

"흠, 그래요?"

안타깝게 여겨지진 않았다.

인과응보랄까.

그렇게 생각될 뿐이다.

"장형철의 행방은 찾았어요?"

"아무래도 미국으로 출국한 거 같다."

"어떻게요?"

"아담 록펠러가 전용기로 데려간 거 같아. 그때 이후로 행적이 끊겼어."

"흠……."

장형철은 그때 불가사의한 힘을 보였었다.

불완전한 초인이랄까.

그래서 그것을 조사해 볼 필요가 있다고 생각했었다.

만약 일루미나티가 인위적으로 일반인을 초인으로 만들어 낼 수 있다면?

그것만큼 우려스러운 상황도 없기 때문이다.

지금 로얄 클럽이나 르네상스가 일루미나티를 상대로 버틸 수 있는 건 상대적으로 쪽수에서 우위를 점하고 있었기 때문이다.

그러나 일루미나티가 초인을 양성할 수 있기 시작하게 되면 그것은 분명히 크나큰 위협이 될 수 있을 게 분명했다.

그렇게 모든 게 불투명한 상황.

그때 유일하게 고공 행진을 그리고 있는 건 태원 그룹 그리고 BP 그룹이었다.

차세대 에너지 기술의 상용화는 비교적 수월하게 이루어졌다.

스티븐 윌리엄스 박사가 사망했지만 그가 다져 놓은 기초 지식은 여전히 건재했고 그것을 바탕으로 상용화에 제대로 성공한 것이었다.

이후 에너지 팩은 전 세계를 휩쓸고 있었다.

그러면서 태원 그룹은 국내 최고의 그룹으로, BP 그룹 역시 주가 총액이 상승하면서 에너지 업계에서는 탑을 달리고 있었다.

그래서일까.

몇몇 그룹들은 태원 그룹에 본격적으로 로비를 해오고 있었다. 에너지 팩에 관련해서 자신들에게 약간의 콩고물이라도 떨어지지 않을까 기대하고 있는 것이었다.

그러나 태원 그룹의 정용후 회장은 BP 그룹과 단 두 곳에서만 에너지 팩을 생산하고 판매한다는 경영 방침에 확고한 신념을 가지고 있었고 다른 곳에도 이 에너지 팩을 꺼내 보일 생각이 전혀 없었다.

그러는 사이 르네상스와 로얄 클럽 그리고 일루미나티 간의 대립은 점점 더 극심화됐다.

그랜드 마스터는 일루미나티를 움직여서 빠른 속도로 전 세계를 장악하기 시작했다.

초인들이 르네상스와 로얄 클럽의 지부들을 공격했고 몇몇 국가들의 주요 요인들을 협박해 가며 르네상스 또는 로얄 클럽에서 탈퇴하게끔 만들었다.

그렇게 일루미나티에서 발 빠르게 움직이는 사이 르네상스나 로얄 클럽이라고 놀고 있는 건 아니었다.

그들 역시 일루미나티의 도발을 막으면서 어떻게 해서든 적의 심장부에 타격을 입힐 방법을 생각하고 있었다.

결국 일루미나티의 구심점은 그랜드 마스터.

그를 없애면 모든 건 해결될 문제였다.

로얄 클럽이나 르네상스 모두 여러 명의 대표를 두고 있는 반면에 일루미나티만 유일하게 그랜드 마스터가 독단적으로 움직이는 단체였기 때문이다.

결국 르네상스와 로얄 클럽은 최고의 정예만을 보내 일루미나티의 본거지 뉴욕을 습격하기로 마음먹었다.

그리고 뉴욕으로 떠나기 전 버몬트 대공은 직접 건형에게 연락을 취했다.

[한국에서는 잘 쉬고 있는가?]

"예. 그렇습니다. 버몬트 대공 저하."

[이제 나는 우리의 명운을 걸고 뉴욕으로 향하려 하네.]

"그랜드 마스터를 노리시려 합니까?"

[그러네. 더 이상 무의미한 피를 흘릴 수는 없는 일이지 않은가. 우리들 간의 전쟁으로 인해 많은 사람들이 피해를 보고 있어. 그것만은 막아야 했기에 적의 심장부로 쳐들어가기로 마음먹었네.]

"그렇지만 알렉산더 페렐만이 당했습니다."

[하하, 걱정하지 말게. 그분께서도 우리와 함께 가실 거니까.]

"……대모님 말입니까?"

자신의 목숨을 구해 줬던 은인.

그녀도 함께 가는 것일까?

버몬트 대공이 대답했다.

[그러네. 그분께서도 우리를 돕기로 하셨네. 그분께서도 그랜드 마스터를 이번 기회에 없애는 게 반드시 필요한 일이라고 말하시더군.]

"……제가 도와야 하겠습니까?"

[자네 뜻대로 하게.]

전화가 끝난 뒤 건형은 생각에 잠겼다.

그랜드 마스터.

아직 건형은 그의 능력에 대해 파악하지 못했다.

도대체 그가 어떻게 알렉산더 페렐만을 집어삼킨 것인지 이해하지 못하고 있었다.

또 알렉산더 페렐만이 왜 그렇게 다급하게 움직인 것인지도 알 수 없었다.

'그러고 보면 엘런 가문의 가주가 행방불명이 됐다고 했었지. 그것과 관련이 있을까?'

알렉산더 페렐만이 이성을 잃기 얼마 전 엘런 가문의 가주가 행방불명됐다는 이야기가 있었다.

그 이후로 조용히 움직이던 알렉산더 페렐만이 갑자기 뉴욕까지 찾아간 것도 사실이다.

둘 사이에 무슨 관련이 있는 것일까?

알렉산더 페렐만이 이전에 쓰던 가명 클라우스 라트비히와 엘런 가문 가주와의 관계.

건형의 머리가 맹렬하게 돌아가기 시작했다.

그러나 현재로서 가장 중요한 건 역시 그랜드 마스터, 그를 어떻게 하느냐에 관한 것이었다.

여기서 자신이 개입을 할지 아니면 말아야 할지.

그 여부가 중요했다.

그러던 그때 지현이 집으로 돌아왔다.

"잘 해결했어?"

"네. 당분간은 쉬기로 했어요. 그리고 오빠하고 곧 결혼할 거라고 이야기도 해 놨어요."

"휴, 조만간 그럼 소속사에서 보도 자료를 뿌리겠네."

"아마 그렇겠죠? 그런데 무슨 걱정거리라도 있어요?"

"응. 방금 전에 버몬트 대공한테 연락이 왔는데 지금 뉴욕으로 향하고 있다고 하더라고."

"뉴욕이요? 그랜드 마스터, 그 사람 때문인 건가요?"

"응, 민간인의 피해도 적지 않았으니까."

지현이 고개를 끄덕였다.

요새 텔레비전을 보면 매일 뜨는 뉴스는 테러에 관한 것들이었다.

정체불명의 테러 단체가 런던, 파리, 마드리드, 베를린 등 유럽 대부분의 대도시들에서 테러를 일삼고 있다는 이야기가 적지 않았다.

그뿐만이 아니었다.

중동, 북미 지역도 테러로 몸살을 앓고 있었다.

그 때문에 애꿎게 피해를 보는 건 평범한 사람들이었다.

괜히 그 지역 근처에 있다가 테러에 휩쓸려서 목숨을 잃은 사람도 적지 않았다.

다행히 대한민국은 아직까지 단 한 번도 테러가 일어난 적이 없었지만 언제 테러가 터질지는 알 수 없었다.

'그랜드 마스터는 나를 어떻게 해서든 없애고 싶어 한다. 그런 그랜드 마스터라면 르네상스와 로얄 클럽을 무너트리고 난 뒤 곧장 대한민국을 타겟으로 삼을 가능성이 커.'

잇몸이 없으면 이가 시린 법이다.

그런 건형을 지그시 쳐다보던 지현이 차분한 목소리로 말했다.

"오빠, 다녀와요."

"응? 그게 무슨 소리야?"

"지금 걱정하고 있잖아요. 솔직히 저는 버몬트 대공이나 르네상스 사람들, 로얄 클럽 사람들이 좋은 사람들인지는 알지 못해요. 그러나 오빠의 목숨을 구해 주신 대모님은 믿을 수 있어요. 또 그랜드 마스터가 나쁜 사람이라는 것도 알아요."

"……."

"물론 선택은 오빠한테 달린 거지만 오빠가 이 일을 끝낼 수 있는 힘을 가지고 있다면…… 오빠가 이 일을 끝냈으면 좋겠어요."

"내가 끝낼 수 있을까?"

여전히 불안했다.

만약 이 자리로 돌아올 수 없게 된다면?

사랑하는 가족과 지현이를 다시 볼 수 없게 되어 버린다면?

그보다 더 비극적인 일은 없을 것이다.

지켜야 할 게 많기 때문에 그 어느 때보다 건형이 움직일 수 있는 행동반경이 좁아진 상황이었다.

그러나 지현은 오히려 다르게 이야기하고 있었다.

"오빠, 저는 힘을 가진 사람은 그 힘을 올바르게 써야 한다고 배웠어요. 저는 오빠 덕분에 위험한 상황에서 벗어날 수 있었고요."

오래전 스타플러스 엔터테인먼트가 있었을 때를 이야기하고 있는 게 분명했다.

그때 지현은 곤경에 처할 뻔했었고 건형이 그런 지현을 구했었다. 그리고 그 날 이후 두 사람은 서로에게 호감을 느꼈고 이렇게 그 호감이 커질 수 있게 되었다.

"오빠가 가진 그 힘은 많은 사람들에게 커다란 도움이 되어 줄 수 있을 거예요. 그러나 그랜드 마스터는 달라요. 그는 오히려 많은 사람들을 힘들게 할 사람이에요. 르네상스나 로얄 클럽과도 다른 게 그거예요."

일루미나티, 로얄 클럽, 르네상스.

이 세 곳의 출발점은 애초에 다르다.

일루미나티는 세계를 자신의 발아래 두겠다는 목표로 생겨난 집단이다.

반면에 르네상스는 학문의 발달을 위해, 로얄 클럽은 자신들의 권리를 지키기 위한 목적으로 만들어졌다.

출발선이 다르다 보니 그 목표점도 다르다.

로얄 클럽은 어떻게 보면 친목 단체에 가깝다.

르네상스는 학자들의 모임이다.

이 둘이 세계 정복을 노리려 할까?

그럴 일은 없다고 봐도 된다.

그러나 일루미나티는 다르다.

그들은 언제든지 세계 정복을 노릴 수 있는 집단인 셈이다.

애초에 그렇게 목적을 갖고 만들어졌기 때문이다.

건형이 걱정하는 건 그것이다.

세계 정복을 목표로 한다면 로얄 클럽과 르네상스를 무너트린 다음 어디를 노리겠는가?

십중팔구는 대한민국, 그리고 건형 자신이다.

완전기억능력자를 살려 두고 싶어 하진 않을 테니까.

그러면 주변 사람들도 위험에 처할 가능성이 크다.

결국 건형이 결심을 굳혔다. 그리고 그는 지혁에게 부탁해서 가명으로 비행기 표를 끊었다.

뉴욕으로 가기 위해서였다.

그런 다음 그랜드 마스터, 그에게서 최후의 결판을 낼 생각이었다.

이미 그 끝이 보이고 있었다.

누가 이길지 알 수 없지만 건형은 최선을 다할 생각이었다.

미래를 위해서.

뉴욕에 도착한 뒤 건형은 호텔로 향했다.

호텔에는 버몬트 대공을 포함한 르네상스의 마법사들과 로얄 클럽의 어쌔신들이 모이기로 되어 있었다.

물론 그들 모두 평범한 관광객들로 위장한 상태였다.

'그러나 일루미나티는 우리가 입국해 왔다는 걸 알고 있을 테지.'

아마 그랜드 마스터가 머무르고 있는 저택 역시 단단히 보호되고 있을 게 분명했다.

이제 남은 건 그것을 뚫고 그랜드 마스터를 처단하는 것뿐.

그리고 호텔에 도착한 건형은 물씬 풍겨 오는 피 내음에 눈살을 찌푸렸다.

무언가 상황이 자신의 예상과는 정반대로 돌아가고 있었다.

느낌이 좋지 않았다.

건형이 버몬트 대공을 만나기로 했던 곳은 센트럴 파크 인근에 자리 잡고 있는 만다린 호텔이었다.

만다린 호텔 로비에서부터 풍기는 자욱한 피 내음은 건형의 눈빛을 어둡게 하기에 충분했다.

프론트를 지키고 있는 여직원한테 다가간 건형은 경계를

늦추지 않으며 물었다.

"약속이 되어 있습니다."

"예약자 성함이 어떻게 되시죠?"

"제임스 리입니다."

건형이 미국으로 올 때 쓴 가명.

이미 오기 전 예약을 해 뒀기 때문에 별다른 문제는 없을 터였다.

그런데 로비 분위기가 영 심상치 않았다.

주변을 지나다니는 사람들도, 프론트에 있는 여직원들도 하나같이 느낌이 수상쩍었다.

그때 여직원이 건형에게 카드를 건넸다.

"스위트룸으로 예약하셨군요. 따로 필요하신 건 없으신 가요?"

"예. 그렇습니다."

건형은 짐을 날라 주겠다는 걸 거절한 다음 엘리베이터가 오길 기다렸다.

그렇게 엘리베이터가 내려오길 기다리는 동안 건형은 틈 틈이 주변 인기척을 확인했다.

그리고 그는 조금씩 주변에서 자신을 향해 포위망을 좁혀 오는 묘한 움직임을 확인할 수 있었다.

'빌어먹을. 일이 틀어진 건가?'

건형은 얼굴을 구겼다.

무언가 상황이 좋지 않았다.

그 순간이었다.

띵동—

엘리베이터가 도착하고 그 안에서 사람들이 하나둘 내리기 시작했다. 그리고 그곳에서 내리는 사람들의 목표는 건형이었다.

그와 함께 사방에서 건형을 향해 사람들이 달려들기 시작했다.

정확히 이야기한다면 이들은 사람이 아니라 초인이었다.

초인들, 그들은 이미 건형과 버몬트 대공을 포함한 르네상스, 그리고 로얄 클럽이 이곳 만다린 호텔에서 만나기로 한 것을 알고 있었던 것이다.

'도대체 얼마나 당한 거지? 버몬트 대공은? 엘리자베스님은?'

다른 사람은 그렇다고 쳐도 버몬트 대공이나 엘리자베스는 쉽게 당할 사람들이 아니었다.

버몬트 대공은 왕족답지 않게 르네상스에 있는 최고의 마법사 중 한 명이었고 엘리자베스는 수백 년을 넘게 살아온 뱀파이어였다.

그들이 당한다는 건 상상할 수 없는 일이었다.

어쨌든 그렇게 생각을 하는 중간에도 초인들은 자신을 향해 득달같이 달려들고 있었다.

그러나 건형은 완전기억능력으로 지금 그 시간을 초 단위로 계속해서 쪼개고 있었다.

그러면서 상대방의 움직임이 건형에게는 마치 정지된 것처럼 느껴질 정도로 변화하는 중이었다.

그 이야기인즉슨 완전기억능력이 그만큼 계속해서 스스로 진화하고 있다는 것을 이야기했다.

어쩌면 그때 스위치가 켜진 게 오히려 건형에게는 전화위복의 기회가 된 것일지도 몰랐다.

완전기억능력을 한계 그 이상으로 진화시킬 수 있게 된 것이니까.

그렇게 시간이 정지된 공간에서 건형은 하품이 나올 정도로 느린 속도로 움직이는 초인들을 바라보며 그들을 탐색했다.

이들은 완전한 초인이 아니었다.

불완전한 초인들이었다.

이들의 능력은 완성된 것이 아니었고 그렇다 보니 능력을 사용하면 할수록 몸이 붕괴되고 있었다.

그러나 정작 당사자인 이들은 그것에 대해 모르고 있는 듯했다.

만약 알고 있었다면 계속해서 능력을 사용할 리가 없을 테니까.

그런데도 불구하고 불꽃을 향해 달려드는 나방처럼 이들은 계속해서 스스로를 불태우려 하고 있었다.

'이들을 내 능력으로 구원할 수 있는 방법은 없을까?'

어쩌면 이들도 그랜드 마스터의 희생양일지도 몰랐다.

건형은 가급적 그들을 죽이기보다는 살리고 싶었다.

죄 없는 자를 죽일 수 있을 만큼 건형은 냉혹한 사내는 아니었다.

그리고 그는 여전히 시간이 느릿느릿하게 흘러가는 틈을 타서 그들의 능력을 낱낱이 파헤쳤다. 그리고 그들 뇌 속에 자리 잡고 있는 기생충을 확인할 수 있었다.

저것이 바로 그들에게 초인의 힘을 낼 수 있게 만들어 주고 있는 일종의 장치 같은 것이었다.

저것이 뇌를 극한으로 활용하게 만들고 있었고 그것이 육체에도 영향을 미치면서 초인적인 힘을 발휘하게 하고 있었다.

뇌에 미친 자그마한 영향이 몸 곳곳에 커다랗게 자극이 된 것이다.

그것은 흡사 인간이 위기에 처했을 때 초인적인 능력을 사용해서 그 위기를 헤쳐 나오는 것과 비슷했다.

아드레날린이 급격히 분출되면서 자신도 모르게 한계 그 이상의 힘을 낼 수 있게 만드는.

여하튼 저 벌레를 제거할 수 있다면 이들을 다시 평범한 사람들로 돌려보낼 수 있을 것 같았다.

건형은 일일이 그들 한 명, 한 명한테 다가가서 완전기억 능력을 펼쳤다.

삽시간에 상대방의 몸에 불쑥 들어간 완전기억능력은 거대한 불길이 되어 상대방의 몸속에 자리 잡고 있는 기생충을 단숨에 불태워 버렸다.

끼이이이이아아악—

듣기 싫은 께름칙한 비명 소리가 주변을 뒤덮었다.

그렇게 기생충들을 모두 제거했을 때 건형을 향해 달려오던 초인들은 하나같이 평범하게 바뀌어져 있었다.

게다가 그들은 초인으로 있었을 당시의 기억들도 모두 다 잊어버린 듯 왜 자신이 여기에 있는지 이해할 수 없다는 얼굴로 주변을 두리번거리고 있었다.

건형은 그들을 안심시켰다.

그런 다음 그들을 돌려보낸 뒤 엘리베이터를 타고 상층부로 향했다.

원래 버몬트 대공과 만나기로 약속했던 스위트룸으로 걸어가면서도 건형의 발걸음은 무겁기 이를 데 없었다.

무언가 느낌이 좋지 않았다.

그리고 그 느낌은 현실이 되었다.

버몬트 대공.

그가 참혹한 모습으로 심각한 부상을 입은 채 침대에 눕혀져 있었다.

건형은 다급히 버몬트 대공에게 다가갔다. 그리고 그의 상태를 살폈다.

다행히 아직 죽은 건 아니었다.

그러나 언제 죽을지 알 수 없을 정도로 상태가 위중하기 이를 데 없었다.

그때 버몬트 대공이 인기척을 느낀 듯 깨어났다.

그는 건형을 보며 두 눈을 크게 떴다.

"와. 왔는가?"

"괜찮으십니까? 지금 당장 911을 부르겠습니다."

"그, 그보다 대, 대모님이……."

버몬트 대공이 피를 토해 냈다.

말을 하기도 어려운 상황에서 그가 지금 걱정하고 있는 건 엘리자베스였다.

"대모님은 어떻게 되신 겁니까?"

"그, 그자가 대모님을 데려갔⋯⋯."

건형은 고개를 끄덕였다.

그리고 일단 911을 불렀다.

현재 이곳의 상황은 참혹하기 이를 데 없었다.

르네상스 소속의 마법사들뿐만 아니라 로얄 클럽의 어쌔신들도 상당수가 죽어 있었다.

그뿐만 아니라 초인으로 보이는 자들도 죽어 있었는데 그 것 때문에 호텔 안은 피가 낭자한 상태였다.

'그랜드 마스터, 그자가⋯⋯.'

건형은 곧장 호텔을 빠져나왔다.

이 안은 911이 어떻게든 수습해 줄 터였다.

다만 바라는 건 버몬트 대공이 반드시 살았으면 하는 바람뿐이었다. 그리고 그는 곧장 그랜드 마스터의 저택으로 움직이려 했다.

그때 그를 막아선 사람이 있었다.

그녀는 루시아였다.

"루시아 베네딕트? 당신이 여기는 왜?"

"그곳으로 가면 안 돼요!"

"도대체 무슨 말입니까?"

"그랜드 마스터를 만나러 가면 안 된다는 말이에요!"

"그럴 수 없습니다. 대모님이 그랜드 마스터한테 잡혀갔습니다. 저는 그분을 구해야 합니다."

"그랬다가는 당신마저 잡아먹혀요!"

건형이 루시아를 쳐다봤다.

그녀는 이 일에 대해 무언가 알고 있는 게 분명했다.

건형이 루시아를 쳐다보며 물었다.

"무언가 알고 있다면 제게 이야기해 주십시오. 이 일은 무엇보다 중요한 문제입니다."

"당신을…… 잃을 수는 없어요."

지난번 건형이 그녀를 세뇌했던 적이 있었다.

아직도 그 여파는 남아 있던 모양이었다.

루시아는 진심으로 건형을 걱정하고 있었다.

지금 건형은 루시아의 적이나 다름없는 상황인데도 말이다.

"……도대체 왜 이러는 겁니까?"

"당신을…… 사랑하니까요."

"그게 도대체 무슨……."

"제가 왜 여기 나타났을까요? 당신마저 잃을 수 없기 때문이었어요. 이미 아담 록펠러와 메로빙거 등 삼각위원회와 12인 위원회의 웬만한 사람들은 전부 다 그랜드 마스터한테 흡수당했어요."

"도대체 그게 무슨……."

"그랜드 마스터는, 흡수를 통해 자신의 능력을 키워요. 그리고 그는 알렉산더 페렐만을 흡수하면서 궁극에 올랐어요. 그렇지만 그만큼 문제가 생겼죠. 자신의 능력을 유지하려면 더 많은 것을 잡아먹어야 했던 거죠. 그래서 그는 일루미나티의 초인들을 잡아먹기 시작했어요. 그러나 그것으로 부족해졌고 르네상스와 로얄 클럽의 마법사, 어쌔신들을 덮친 거예요."

"……이들을 잡아먹기 위해서 말입니까?"

"그래요. 버몬트 대공까지 잡아먹으려 했지만 한 사람이 그것을 막아섰어요."

"그게 대모님이군요."

건형의 추측은 정확했다.

버몬트 대공이 르네상스에서 세 손가락 안에 드는 최강의 마법사 중 한 명이라고 하지만 그랜드 마스터의 상대는 아니었다.

그랜드 마스터는 단숨에 버몬트 대공을 제압했고 그를 집어삼키려 했었다.

그때 그것을 방해한 사람이 있었다.

그녀는 바로 뱀파이어 로드 엘리자베스였다.

엘리자베스는 그랜드 마스터로부터 버몬트 대공을 떼어놓는 데 성공했다.

그러면서 버몬트 대공은 안전해졌지만 반면에 엘리자베스가 위험에 처하게 됐다.

그랜드 마스터.

탐욕에 물든 그 화신이 버몬트 대공이 아닌 대모 엘리자베스한테 관심을 갖게 되어 버린 것이다.

"그리고 그는 그 여자를 제압하는 데 성공했어요. 한 시간이 넘는 전투 끝에 제압한 것이지만…… 어쨌든 제압하는 데 성공할 수 있었죠. 그렇지만 그는 그 여자를 당장 흡수할 수 없다고 생각했어요. 그 여자가 갖고 있는 능력이 어마어마했기 때문이죠."

삼백 년을 넘게 살아온 뱀파이어다.

그 뱀파이어가 그동안 쌓아 온 능력이 얼마나 고강할지 알 수 없는 일이다.

그런 뱀파이어를 단숨에 집어삼키는 건 불가능.

그래서 그는 자신의 저택으로 엘리자베스를 끌고 데려간 것이다.

"지금 그랜드 마스터가 노리고 있는 만찬은 두 가지예요. 하나는 엘리자베스 그녀, 다른 하나는……."

"저겠군요."

"예. 맞아요. 지금 이 상황에 그랜드 마스터를 만나러 간다는 건 스스로 죽겠다고 이야기하는 것과 다를 바 없어요. 알렉산더 페렐만을 흡수하면서 그랜드 마스터는 또 다른 존재가 되어 버렸으니까요."

"걱정은 고마워요. 그렇지만 지금은 해야 할 일이 있어요. 그 그랜드 마스터가 더 강해지는 걸 막는 것이죠."

만약 그가 뱀파이어 로드인 엘리자베스를 집어삼키게 된다면 어떻게 될까?

그는 어떻게 해도 막을 수 없는 최악의 상대가 되어 버릴 것이다.

그것만은 무슨 수를 쓰는 한이 있더라도 반드시 막아야 했다.

건형은 루시아를 뒤로한 채 그랜드 마스터가 머무르고 있는 저택으로 다급히 향했다.

그곳에서 이 전쟁의 종지부를 찍을 생각이었다.

Chapter. 11

그랜드 마스터가 머무르고 있는 저택은 뉴욕 근교에 자리 잡고 있었다.

건형은 예전에 한 번 이곳을 방문한 적이 있었다.

그 당시에만 해도 위용이 넘치던 대저택이었건만 지금 보는 그랜드 마스터의 대저택은 을씨년스러운 분위기가 역력히 풍겨 나오고 있었다.

'……좋지 않군.'

건형은 분위기가 심상치 않다는 걸 느끼며 대저택 안으로 향했다.

사람의 흔적은 어디에도 보이질 않았다.

인기척도 느껴지지 않았다.

대저택 정문 앞에 도착했을 때 건형은 슬며시 문을 밀었다.

예상대로 문은 잠겨져 있지 않았다.

'그랜드 마스터는 어디에 있을까?'

건형은 주변을 두리번거렸다.

그리고 그는 완전기억능력을 통해 그랜드 마스터의 능력이 느껴지는 방향을 찾았다.

잠시 뒤 건형은 멀지 않은 곳에 그랜드 마스터가 있다는 걸 깨달을 수 있었다.

조심스럽게 건형은 그곳으로 접근했다.

그렇게 문을 열고 안으로 들어선 건형은 그랜드 마스터가 엘리자베스를 붙잡고 있는 장면을 목격할 수 있었다.

엘리자베스는 양팔이 묶인 채 옴짝달싹 움직이지 못하고 있는 상태였다.

그리고 그런 엘리자베스를 그랜드 마스터가 붙잡고 있었는데 고목나무처럼 앙상한 그 팔을 통해 끊임없이 마력을 흡수하고 있었다.

엘리자베스가 갖고 있는 힘이 너무 막강하다 보니 그 힘의 일부를 흡수하려고 하는 모양이었다.

"이제 왔는가?"

그때 그랜드 마스터가 음울한 목소리로 입을 열었다.

이미 건형이 온 것을 그는 알고 있었다.

"도대체 이게 무슨 짓이지?"

"보면 모르겠나? 나는 지금 이 여자를 흡수하고 있다. 여자가 맞는지 의심이 가긴 하지만…… 여자는 맞는 거 같군."

"그녀를 흡수해서 어떻게 하려는 거지?"

"더욱더 강해질 것이다."

건형은 그를 가만히 내버려 둘 수는 없다고 생각했다. 그렇게 마음먹자마자 건형이 두 사람 사이로 끼어들었다.

그때였다.

그랜드 마스터가 비열하게 웃음을 흘리며 말했다.

"움직이지 마라. 가급적 나는 평화롭게 이 일을 해결하고 싶다."

"뭐라고?"

"나는 오래전부터 일루미나티를 만들어 왔다. 일루미나티는 너희들의 생각보다 훨씬 전부터 존재해 왔지. 그때부터 우리는 하나의 목표를 상정하고 움직여 왔다. 이 세계를 다시 하나의 공동체로 만드는 것. 바벨탑이 세워지고 사람들은 각자의 언어를 쓰게 되었다. 그러면서 사람들은 뿔뿔

이 흩어졌고 다시는 하나로 뭉칠 수 없게 되었다. 우리들이 다시 하나로 뭉칠 수 없었던 건 신의 농간이었다. 그래서 나는 일루미나티를 만들었다. 그리고 영원에 가까운 삶을 살아가며 끊임없이 전쟁을 일으켰다. 전쟁을 통해 이 세계를 다시 하나로 만들고자 했기 때문이다. 그러나 그때마다 번번이 방해자가 등장했다. 바로 너 같은 완전기억능력자들. 그들은 신의 섭리를 이해했다는 듯 굴어 대며 나를 막아섰다. 그리고 내 세력은 그때마다 다시 숨어들어야 했고 급기야는 사람들의 눈이 보이지 않는 곳에서 움직이게 되었다. 오히려 그게 훨씬 더 현명하다는 생각까지 들었지. 그런데 어느 날 그 생각이 바뀐 적이 있었다."

"왜지?"

"완전기억능력자 때문이었지. 그 당시 일루미나티는 미국 국력을 등에 업고 최전성기를 구가하고 있었다. 우리는 자신감에 가득 차 있었지. 그리고 이 힘이라면 세계를 우리 아래 무릎 꿇릴 수 있다고 생각했다. 그런데 그때 르네상스와 마찰이 일어났고 한 완전기억능력자 때문에 우리 일루미나티의 전력이 반 토막 나고 말았다. 그놈은 우리들의 정신을 회유했고 그로 인해 상잔이 일어났지. 여태껏 단 한 번도 서로를 상하게 한 적은 없었는데 그런 일이 일어난 것이다.

그때 나는 깨닫게 되었다. 인간이 얼마나 한없이 허약한 존재인지를."

"그래서 무엇을 생각한 것이지?"

"그때 나는 깨달았다. 이것으로는 절대 세계 정복을 이룰 수 없다고. 그리고 그때부터 전략을 바꿨다. 나 혼자서 세계를 정복하는 것이 훨씬 더 빠를 것이라고 말이다. 그리고 나는 꾸준히 오랜 시간 준비를 해 왔지. 초인을 양성해 오고 그 초인들을 내 자양분으로 삼을 준비를 말이야."

"그 초인에는…… 마법사와 어쌔신들 같은 존재도 포함된 건가?"

"그렇지. 그들 모두 나의 가장 좋은 자양분이 되어 줄 것이다. 그리고 마지막 만찬으로는 이 여자와 네가 가장 잘 어울리겠지. 크큭."

건형은 그랜드 마스터를 쳐다봤다.

지금 자신이 보는 그는 흡사 무슨 피에 굶주린 괴물을 보는 것만 같았다.

실제로 또 그는 계속해서 무언가를 먹고 또 먹고 집어삼키길 바라고 있었다.

'……미친놈이 따로 없군.'

그때였다.

그랜드 마스터가 오랜 시간 씌고 있던 로브를 벗어던졌다. 그리고 그의 진실을 보는 순간 건형이 입술을 깨물었다.

철가면까지 벗어던진 그는 괴물 같은 형상을 하고 있었다.

그의 온몸은 누더기처럼 기워져 있었고 그 기운 부분마다 사람의 얼굴 비슷한 것들이 자리하고 있었다.

그뿐만이 아니었다.

그렇게 얼굴 비슷한 것들이 하나의 커다란 형태를 이루고 있었는데 구역질이 나올 만큼 더러웠다.

그런데 그 얼굴들의 면면이 낯이 익었다.

건형은 완전기억능력자다.

태어났을 때부터 지금까지, 모든 것을 기억하고 있다. 그리고 그랜드 마스터의 온몸에 자리 잡고 있는 얼굴들은 그동안 그랜드 마스터, 그가 잡아먹은 자들이었다.

개중에는 장형철도 있었고 노먼 커닐트도 있었다.

뿐만 아니라 체스 대회 때 만났던 중국의 체스 고수 천츄파도 있었다.

'그도 능력자였던가?'

그들뿐만이 아니었다.

알렉산더 페렐만과 엘런 가문의 가주도 그곳에 굳어진 채 자리하고 있었다.

'도대체 이게 무슨……'

"나와 하나가 되어야겠다."

그 말을 끝으로 그랜드 마스터가 건형을 덮치려는 순간 그것을 막아선 게 있었다.

그녀는 루시아였다.

"크읍."

루시아는 가까스로 건형을 밀쳐 내는 데 성공했지만 그랜드 마스터의 일격에 허리가 깊숙이 파였다. 내장이 빠져나올 만큼 심각한 중상이었다.

뒤늦게 건형이 정신을 차렸다.

방금 전 자신도 모르게 정신이 혼미해졌었다.

그래서 아무것도 하지 못하고 그랜드 마스터한테 잡아먹힐 뻔했었다.

'도대체 이건……'

알렉산더 페렐만이 당한 것도 이것 때문이었을까?

순간적으로 정신을 잃었고 그 때문에 제대로 저항하지 못하고 잡아먹힌 것일까.

그때 루시아가 소리쳤다.

"정신 차려요! 저 사람에게 현혹되면 안 돼요! 저 사람은 다른 사람을 지배할 수 있는 힘을 가지고 있어요."

"루시아, 다시 돌아왔구나. 이제야 너도 나와 하나가 되기로 마음먹은 것이냐?"

루시아가 일그러진 얼굴로 그랜드 마스터를 노려봤다.

"닥쳐! 나는 애초부터 너를 노리고 여기 잠입했던 것이었어!"

세간에 알려진 건 루시아 베네딕트가 알비노 증후군을 앓았고 그것 때문에 죽을 위기에 처해 있던 것을 그랜드 마스터가 구해 줬다는 것이다.

그러나 실상은 그와 다르다.

그랜드 마스터가 루시아를 구해 준 건 맞다.

그 대신 그는 루시아의 가문을 철저하게 망가트렸다. 그리고 루시아를 유일하게 살려 놓았고 그에게 베네딕트 가문을 이끌게 했다.

자신을 위해 복종하게 만들려는 목적에서였다.

알비노 증후군을 치료하면서 루시아 베네딕트를 자신의 사람으로 종속시켰기 때문이다.

그러나 그 이후 루시아 베네딕트는 건형을 만났고 그 덕분에 그 암시에서 깨어날 수 있었다. 그리고 건형의 능력 덕분에 그랜드 마스터에게서 벗어날 수 있었다.

이번에 루시아가 건형을 막으려 했던 것도 그런 이유에서였다.

원래 루시아는 건형의 연인인 지현을 질투했었다. 그래서 그녀를 죽일 생각까지 하고 있었다.

그렇지만 건형이 자신을 살려 줬으며, 그랜드 마스터로부터 벗어날 수 있게 해 줬다는 걸 알게 된 이후 계속해서 건형 주변 사람들의 안전을 신경 쓰고 있었다. 물론 건형은 알지 못하겠지만 루시아 할 수 있는 최대한의 보은이기도 했다.

"크흐흐, 그래. 네가 저놈한테 회유당했을 때부터 의심쩍어하긴 했지만 내 암시에서 벗어났구나. 그러나 네가 할 수 있는 건 아무것도 없을 것이다. 너는 무능력하기 짝이 없으니까. 내가 없이 네가 무엇을 할 수 있다고 생각하는 것이냐? 너는 그저 내 노예에 불과할 뿐이다."

그랜드 마스터가 자리에서 일어났다.

어느덧 엘리자베스는 핏기를 잃어 가고 있었다.

그녀의 모든 것이 그랜드 마스터에게 빨려 들어가려 하고 있었다.

"이제 이 여자의 힘은 곧 내 것이 된다. 그리고 너희들도 내 것이 된 뒤 나는 이 세상을 깨끗하게 청소할 것이다. 그리고 새로운 인류만 살아 나갈 수 있는 세상으로 탈바꿈시킬 것이다. 그것이 바로 나 일루미나티의 목적이며 우리가 세상을 구원하려는 방법이다."

그때였다.

건형은 자신 몸 안에 있는 완전기억능력이 꿈틀거리는 것을 느꼈다. 그리고 그것들이 서서히 커져 나가고 있었다.

우연찮게 얻었던 능력.

이 능력이 처음으로 자신의 의사를 가진 채 움직이고 있었다.

그런데 그 능력이 향하는 곳은 외부였다.

이 능력이 건형을 떠나려 하고 있었다.

그때였다.

그랜드 마스터가 건형을 붙잡았다.

"너도 나와 하나가 되어라!"

그 순간 완전기억능력이 건형의 몸에서 빠져나가 그랜드 마스터에게 흡수됐다.

건형은 허탈한 얼굴로 자신의 몸속에서 일어나는 변화를 느끼고 있었다.

완전기억능력.

이 능력이 자신에게서 없어지고 있음을 뼈저리게 느끼고 있었다.

그랜드 마스터가 호탕하게 웃음을 터트렸다.

"드디어 완전기억능력을 내게 모두 갖게 되는……."

그러나 그것도 잠시 무언가 그의 몸에 이상이 생기기 시작했다.

완전기억능력자는 역사상 한 역사에 단 한 명만 존재하게 되어 있었다.

완전기억능력자가 두 명 이상 태어난 전례는 단 한 차례도 없었다.

그러기 위해서는 그 전에 태어난 완전기억능력자가 죽어야만 가능했다.

그런데 이번에는 최초로 완전기억능력자가 둘이었다.

알렉산더 페렐만 교수와 박건형.

그렇게 두 명의 완전기억능력자가 공존했었다.

물론 그들은 서로의 능력을 탐하지 않았다.

서로의 능력은 개별적인 것이었다.

그런데 그랜드 마스터가 그 끝 모를 탐욕 때문에 두 개의 완전기억능력을 모두 흡수하려 했고 알렉산더 페렐만을 먼저 집어삼킨 뒤 이제는 건형마저 흡수하려 들었다.

그때 완전기억능력이 먼저 건형의 손을 떠나 그랜드 마스터에게로 흡수됐다.

애초에 두 개의 완전기억능력이 공존할 수 없는 이유는

하나다.

완전기억능력은 뇌를 지나치게 혹사시키는 능력이다.

그렇기 때문에 하나의 완전기억능력만으로도 뇌가 혹사당하면 그 뇌는 100% 모든 힘을 전부 다 발휘하게 되어 버린다.

그런 완전기억능력을 두 개나 가지고 있게 된다면?

뇌가 100% 아니라 200%, 그 이상 혹사당하게 되는 것이다.

그와 함께 그랜드 마스터의 뇌가 계속해서 활성화되기 시작했다.

본인 스스로 주체할 수 없을 만큼 뇌는 계속해서 맹렬하게 순환했고 급기야 그 충격을 이기지 못하고 코피가 터져나왔다.

"이, 이럴 수는 어, 없……."

그 순간 펑 하는 소리가 들리는가 싶더니 그랜드 마스터가 털썩 주저앉아 버렸다.

너무 맹렬하게 돌아가 버린 뇌가 곤죽이 되어 버린 것이다.

제아무리 신에 범접한 능력을 가지고 있다 해도 뇌가 죽어 버리면 그것은 아무것도 아니게 되어 버린다.

탐욕을 부린 그랜드 마스터.

그러나 완전기억능력을 두 개나 가지려 하는 건 감당할 수 없는 욕심이었다.

그 순간 건형은 그대로 바닥에 털썩 누워 버렸다.

눈앞에 죽어 있는 그랜드 마스터.

그리고 자신을 향해 달려오는 루시아 베네딕트.

이 상황이 왠지 꿈만 같았다.

그때였다.

문이 벌컥 열리더니 누군가 안으로 들어왔다.

"오, 오빠!"

"건형아!"

"서, 설마……."

루시아 베네딕트가 자신에게 안긴 이 상황에서 저 목소리라니.

'안 돼…….'

그것도 잠시.

건형은 이미 정신을 잃은 채 쓰러져 버렸다.

그때 슬금슬금 무언가가 건형에게 빨려 들어오고 있었다.

그것은 아까 전 그랜드 마스터가 흡수하려다가 실패했던 건형의 완전기억능력이었다.

종장

만다린 호텔에서 일어난 참사는 세계적인 이슈가 되었다.

수십 명이 죽고 다쳤다.

특히 영국 왕족 버몬트 대공의 중상은 세계를 충격에 빠트리기에 충분한 소식이었다.

그러면서 테러 집단에 대한 대대적인 분노가 온 지구를 뒤덮었고 테러 집단은 깡그리 소탕당했다.

그러나 아무도 모르는, 그랜드 마스터의 저택에서 일어난, 이 세계의 운명을 좌지우지한 전쟁은 조용히 묻히고 말았다.

뇌가 곤죽이 되어 버린 그랜드 마스터는 그대로 불에 타서 없어졌다.

그를 화장한 건 루시아 베네딕트였다.

그녀는 그랜드 마스터를 불태운 다음 그 남은 흔적을 아예 없애 버렸다.

더 이상 그를 기억하는 사람이 없게 만들어 버리겠다는 의도에서였다.

그렇게 그랜드 마스터를 화장한 다음 루시아 베네딕트는 베네딕트 가문으로 돌아갔다.

그곳에서 당분간 그녀는 교황청의 일을 맡아 볼 생각이었다.

한편 엘리자베스는 간신히 목숨을 구할 수 있었다.

조금이라도 늦었으면 그녀도 생명력 전부를 잃을 뻔했지만 다행히 목숨은 건질 수 있게 되었다.

그러나 뱀파이어의 영생이 그 때문에 깨져 버렸고 그녀는 순식간에 할머니의 모습으로 변해 버렸다.

지현이 그 점을 안타깝게 여겼지만 엘리자베스는 오히려 자신의 원래 모습을 되찾게 되었다며 즐거워했다.

원래 그녀도 처음부터 뱀파이어였던 것은 아니었다.

뱀파이어한테 물리면서 뱀파이어가 된 평범한 중세 유럽

시대의 귀부인이었다.

그녀는 이제라도 자신이 영면에 들 수 있게 됐음을 기뻐했다.

그러나 그랜드 마스터가 흡수했던 다른 사람들은 되살릴 수 없었다.

진짜 완전기억능력자였던 알렉산더 페렐만, 메로빙거 가문의 메로빙거, 아담 록펠러, 엘런 가문의 가주 등 미국 경제계를 주름잡고 있는 대부분의 실력자들이 행방불명이 되어 버리자 미국은 한동안 엄청난 패닉에 휩싸여야 했다.

그렇지만 이내 그들은 혼란을 수습했고 후계자들이 그 뒤를 이어받았다.

그러나 일루미나티는 더 이상 승계되지 않았다.

어느 누구도 일루미나티를 입에 담지 않았다.

일루미나티가 없어지며 로얄 클럽도 자연스럽게 사라지게 됐다.

르네상스는 기존 역할로 돌아갔다.

평범한 학자들이 뭉친 집단으로 그 역할이 바뀐 것이다.

그렇게 이 세계를 암중에서 뒤흔들던 세 개의 집단이 송두리째 사라져 버렸지만 그 일을 아는 사람은 극히 드물었다.

그때까지 건형은 깨어나지 못하고 있었다.

자신의 삶을 지배했던 완전기억능력.

그것이 떠나면서 그 후유증으로 정신을 잃어버렸고 코마 상태에 빠져 있었다.

처음 루시아 베네딕트가 건형에게 안겨 있는 걸 본 지현은 당장에라도 건형을 쥐 잡듯이 어떻게 하려 했지만 그럴 수가 없었다.

건형이 깨어나질 않았기 때문이다.

그렇게 시간이 흐르고 거의 한 달 가까운 시간이 지났다.

슬슬 지현의 배도 조금씩 불러 오고 있었다.

"오빠가 빨리 깨어나야 결혼식을 올릴 텐데 어떻게 하죠?"

"괜찮을 겁니다. 걱정하지 말고 기다려 보세요."

"맨날 괜찮다고 하시고. 너무하세요!"

"하하, 프로페서 팍은 별일 없을 겁니다."

"정말이죠? 지금 약속하신 거예요, 헨리 교수님!"

"여부가 있을까요?"

헨리 잭슨은 착잡한 표정으로 건형을 쳐다봤다.

알렉산더 페렐만.

한때 자신과 함께 평생을 학문에 매진할 것으로 여겼던 그 친구는 죽었다고 들었다.

같이 만나서 술 한잔을 기울이고 싶었는데 그러지도 못하게 된 것이다.

그렇게 평생 학문을 이야기할 벗이 죽었는데 건형마저 떠나게 할 수는 없었다.

그것은 결코 있어서는 안 될 일이었다.

"그보다 지혁 씨는 어디에 계십니까?"

"지금 아르고스와 함께 있을 거예요. 조만간 대선이 있으니까요."

대한민국의 대통령이 스스로 잘못을 시인하고 하야한 다음 대한민국은 공정한 후보자들이 선거에 나왔고 그들은 대선 투표를 얼마 남기지 않은 상태였다.

혹시 문제가 있는 후보가 입후보하려고 하면 그때마다 지혁은 아르고스를 이용해서 그 후보의 비리를 샅샅이 파헤쳤고 그때마다 그 후보는 온갖 욕을 들은 다음 그 죄에 맞는 처벌을 받았다.

그렇듯 지혁은 공공기관에서 일하는 공직자에 대해서는 누구보다 더 엄격한 기준을 마련해 두고 있었다.

그리고 지금도 그것은 조금씩 확대되어 가는 중이었다.

판사, 검사, 변호사, 의사 등 사회 중요한 부분에서 사람들을 대하는 전문 직종들.

이들의 윤리 의식을 일반 사람들이 모르는 이상 그것을

알려 줄 의무가 자신에게 있다고 생각한 것이다.

아르고스는 그런 점에서 그것들을 꼼꼼하게 잡아 줄 막강한 우군이었다.

천 개의 눈을 가졌다는 거인에서 따온 별명 그대로였다.

그때 문을 두드리는 소리가 있었다.

"들어오세요."

또 손님이 온 게 분명했다.

"건형이는 괜찮아?"

안으로 찾아온 건 민수였다.

공사장에서 건형과 함께 아르바이트를 했던 그는 완전기억능력의 도움 덕분에 행정고시에 수석으로 합격했고 지금은 국가를 위한 공무원이 되어 있었다.

"예, 깨어나지는 않았는데 몸에는 지장이 없어요. 찾아와 주셔서 고마워요."

"아니야. 내가 건형이한테 지금까지 얼마나 많은 도움을 받았는데."

똑똑—

또다시 문을 두드리는 소리가 있었다.

이번에 찾아온 건 건형이 퀴즈쇼를 할 때 그곳의 담당 PD 진명제와 당시 막내 작가로 있던 유정은이었다.

"지현 씨, 이렇게 늦게 와서 미안해요. 건형 씨가 입원한 줄은 꿈에도 몰랐어요."

"아니에요. 감사합니다, 진 피디님."

"건형 씨는 괜찮아요? 이번에 프로그램 하나 기획 중인 거 있는데 거기 나와줬으면 좋겠는데 말이에요. 안 그래요? 유 작가님?"

"그, 글쎄요. 저는 잘 모르겠네요."

여전히 그녀는 건형을 탐탁지 않아 하는 듯 보였다.

그렇게 손님들은 계속해서 찾아오고 있었고 개중에는 저명한 학자들도 있었다.

그러나 근 한 달이 지나도록 건형은 여전히 깨어나지 않는 중이었다.

"정말 이러다가 진짜 안 깨어나는 건 아니겠죠?"

오랜만에 병원에 찾아온 지혁을 보며 지현이 조심스럽게 물었다.

"그럴 리가 없잖아. 반드시 깨어날 거야. 걱정하지 마."

성철이 뺑소니 사고로 죽는 걸 막지 못했던 그였기 때문에 그는 건형의 안위를 그 무엇보다 더 중요하게 생각하고 있었다.

"휴, 그래야겠죠."

그때 문이 열리고 한 여자가 들어왔다.

긴 생머리가 무척 아름다운 여자였다.

"또 왔어요?"

지현이 눈살을 찌푸렸다.

"네. 실장님은 괜찮아요?"

"네. 신경 쓰지 않아도 돼요."

그녀는 태원 그룹 전략 기획실의 실장 정지수였다.

지금 태원 그룹은 재계 1위였고 전 세계적으로도 첨단을 선도하고 있었다.

그들이 만들어 낸 차세대 에너지 기술은 세계 에너지 시장을 장악했고 에너지 팩은 쓰이지 않는 곳이 없었다.

그야말로 완벽한 에너지 그 자체였다.

그러나 점점 더 그 보유량이 줄어들면서 골칫거리를 만들어 내고 있었다.

어쨌든 그 차세대 에너지 팩을 사용하려면 건형의 능력이 필요했는데 지금 건형은 이렇게 의식이 없이 쓰러져 있었으니까.

지수가 염려하는 것도 그 부분이었다.

자칫 잘못하면 앞으로 한 달 안에 차세대 에너지 팩을 더이상 공급할 수 없게 될지도 몰랐다.

만약 그렇게 된다면?

태원 그룹과 BP 그룹에 쏟아질 비난은 상상도 할 수 없을 만큼 어마어마할 터였다.

그렇지만 지현 입장에서는 대단히 불편할 수밖에 없었다.

정지수가 건형을 얼마나 좋아하는지 누구보다 그녀가 가장 잘 알고 있기 때문이었다.

"아, 이번에 신곡 잘 들었어요. 실장님 생각하면서 부르신 건가요?"

"예전에 불렀던 거예요. 발표만 지금 한 거 뿐이에요."

"각 차트마다 다 1위를 휩쓸고 있던걸요?"

지현은 그녀 말에 눈살을 찌푸렸다.

"그렇게 말해 줘도 딱히 고맙진 않아요."

"그러면 저는 내일 또 찾아올게요. 필요한 거 있으면 언제든지 말해요. 사 갖고 올 테니까요."

"……잘 가요."

지현은 마지못해 인사를 건넸다.

두 사람이 하는 모습을 보던 지혁이 한숨을 길게 내쉬었다.

"여전하네. 두 사람은?"

"그럴 수밖에 없죠. 저 여자가 오빠를 얼마나 좋아하는지 아시잖아요. 흥. 우린 이미 결혼할 사이라고요!"

"그, 그래. 그건 그렇긴 하지."

지혁은 더는 말을 꺼내지 않았다.

여기서 괜한 말을 했다가 지현한테 계속해서 혼날 것임을 알고 있었기 때문이다.

여하튼 그렇게 지수가 계속 찾아오고 있는 가운데 슬슬 차세대 에너지의 보유량이 불과 이틀 치 정도 남았을 때였다.

지현은 휴대폰을 확인하다가 자신이 부른 노래를 틀었다.

건형을 생각하면서 작사, 작곡하고 불렀던 노래.

그러나 그는 아직도 깨어나질 않고 있었다.

그리고 그녀가 부른 노래가 휴대폰에서 흘러나와 1인용 병실 안을 가득 메우기 시작했다.

맑고 고우면서 사람의 마음을 울리는 그 노래가 병실을 가득 메웠을 무렵 반응이 없던 건형의 손가락이 조금씩 움직이기 시작했다. 그리고 지현이 부른 노래가 끝나 갈 무렵 한 달 가까이 잠들어 있던 건형이 드디어 눈을 떴다.

지현의 노래가 건형을 살려 낸 것이었다.

건형이 깨어난 뒤 사람들이 물밀 듯이 병실로 몰려왔다.

다들 건형이 깨어났다는 소식을 듣고 그것을 축하하기 위해 모인 사람들이었다.

건형은 정밀 검사 이후 별다른 문제가 발견되지 않았고 곧장 퇴원해도 된다는 이야기를 전해 받을 수 있었다.

그 후 집으로 돌아온 뒤 건형은 수많은 사람들을 만나 그들과 이야기를 나누며 인사를 주고받을 수 있었다.

그 이후 만난 정지수.

그녀는 다른 사람들보다 훨씬 더 기뻐하고 있었다.

그것도 잠시 그녀는 눈물을 훔치며 차세대 에너지 보유량에 관한 문제를 꺼내 들었다.

'그러나 완전기억능력은 내게 더 이상 없는데…….'

문제는 완전기억능력이 자신의 몸을 빠져나갔다는 것.

그러나 다시 한 번 더 확인해 보니 완전기억능력은 자신의 몸에 남아 있었다.

그렇다면 차세대 에너지 보유량을 다시 늘리는 것도 충분히 가능한 일이었다.

"다행히 해결 가능할 거 같네요."

"고마워요, 실장님."

"저는 이제 실장이 아닌데요?"

"그래도요. 그리고 결혼…… 축하드려요."

지수는 그 말을 끝으로 건형의 집을 빠져나가 버렸다.

건형은 그런 지수를 붙잡을 수 없었다.

이미 그한테는 지현이 있었기 때문이다.

　시간이 흐른 뒤, 고대하고 고대하던 결혼식이 열렸다.

　태원 그룹을 되살렸으며 크렐레 저널에 논문을 기고했고 차세대 에너지 기술을 만든, 이 시대 최고의 지성 박건형과 그룹 플뢰르의 리더이자 세계를 휩쓸고 있는 가수 이지현의 결혼식이 성대하게 열린 것이다.

　그렇게 결혼식이 끝나고 두 사람은 예전에 한 번 찾았던 호주의 골드코스트로 다시 여행을 떠나왔다.

　초겨울에 한 결혼이라 상대적으로 따뜻한 남반구에 있는 호주를 다시 찾은 것이었다.

　골드코스트에서 지현이 물었다.

　"이제 오빠는 앞으로 어떻게 할 거예요?"

　"다시 대학교를 다녀야겠지. 어머니도 그걸 원하고 있고."

　"그러다가 다른 여자가 꼬이면 어떻게 하려고요?"

　"이미 너하고 결혼했는데 그게 무슨 걱정이야."

　"치, 그래도요."

　"괜찮아. 그럴 일 없을 거야."

　건형은 지현을 끌어안은 채 하나하나 부서지는 별빛을 올려다봤다.

저 어딘가에 아버지의 별이 있을 것 같다는 생각이 들었다.

처음에는 무척 원망했지만 나중에는 아버지가 자신을 희생해서 가족을 구했고 우리나라를 뒤바꾸려는 용기를 가지고 있었다는 걸 보며 얼마나 후회했던가.

건형은 그런 아버지를 세상 그 누구보다 더 존경하고 있었다.

'앞으로는 아버지 같은 삶을 살 거야. 떳떳한 삶을.'

그러다가 문득 생각이 미친 게 있었다.

'알렉산더 페렐만이 죽었으니 새로운 완전기억능력자가 다시 태어났을까? 아니면 내가 있으니 더 이상 완전기억능력자는 나타나지 않았을까?'

그러나 그건 더 이상 중요하지 않았다.

지금 이 세상에서 자신보다 더 행복한 완전기억능력자는 존재하지 않을 테니까.

"오빠! 대학교 가서 바람피우면 죽어요! 알았죠?"

"아, 알았다니까!"

어쩌면…… 그것은 취소해야 할지도?

〈완결〉